# EL DON

*H. D.*

TRADUCCIÓN Y PRÓLOGO:
*Eva Gallud*

Publicado por: **Bamba Editorial**
Dirección editorial: Raquel Bada
Diseño editorial y maquetación: Laura Baufalc
Ilustración: Natalia Bosques
Corrección: Pilar Asuero Salazar


C/ Colón, 14
46004 Valencia

ISBN: 978-84-125957-5-8
Depósito legal: V-1919-2023

Primera edición:
noviembre 2023

Impreso en Kadmos



BAMBA
editorial

# DÉJAME RECORDAR

«H. D. IMAGISTA» nació una tarde de 1912 en el salón de té del British Museum, cuando Ezra Pound escribió aquel nombre bajo el poema titulado «Hermes en la encrucijada». La mano que había escrito dicho poema pertenecía, no obstante, a Hilda Doolittle, nacida en Bethlehem, Pennsylvania, en 1886. Desde aquel momento, toda su producción literaria vería la luz bajo las iniciales con las que ha llegado a nuestros días.

H. D. perteneció al grupo de los poetas llamados imagistas, en palabras de Harriet Monroe, editora de la prestigiosa revista *Poetry* de Chicago, «un grupo de ardientes helenistas que están realizando experimentos con el *verse libre*, tratando de hallar para la lengua inglesa el equivalente de ciertos artificios rítmicos de Mallarmé y otros simbolistas». Lo importante para los imagistas era la imagen, la concisión, la exactitud. Entre las figuras más reconocidas de este movimiento insertado en el modernismo anglosajón se encontraban, entre otros, el ya mencionado Ezra Pound, William Carlos Williams, Amy Lowell o Richard Aldington, que fue, además, esposo de Doolittle durante un tiempo.

Sin embargo, acercarse a la prosa de H. D. nos llevará por caminos diferentes a los jardines marítimos de sus primeros poemas o a los muros de Troya y las costas egipcias de su obra poética más madura. Hay, por supuesto, una preocupación extrema por el lenguaje y un interés en captar la imagen, pero nos alejamos de la concisión y exactitud. La obra en prosa de H. D., y en concreto esta novela en la que nos adentramos, tiene una cualidad fragmentaria y un efecto acumulativo. Nada es lo que parece en un primer momento.

Podríamos decir que *El don* está más cerca de la tercera fase evolutiva de la poesía modernista, en la que se pretende recomponer a la vez el ser y el no-ser a través de la introspección. A lo largo de toda su obra, dice la académica Alicia Ostriker, la poeta comprende y aprehende ciertas realidades a través de estados alterados de conciencia, ya sean estos visiones, trances o sueños. Y *El don* no iba a ser menos.

A lo largo de los seis capítulos que componen esta novela, iremos descubriendo la casa familiar, sus habitantes y los acontecimientos más importantes de la infancia de la autora, algunos realmente traumáticos. El árbol familiar va desplegando poco a poco sus frondosas ramas, mientras una voz, casi siempre infantil, va desvelando partes de un enorme tapiz cuya imagen total no se nos muestra nunca. Es a través de la memoria fragmentada, de la asociación de ideas y recuerdos que afloran de improviso, como vamos reconstruyendo las vidas de aquel Bethlehem de finales del siglo XIX. Descubriremos los orígenes moravos de la familia y las historias (y leyendas) de los pioneros que se establecieron en las tierras de Pennsylvania, donde compartieron territorio con diversas tribus indias. Conoceremos a Papalie, el abuelo que fabricaba relojes y dibujaba algas microscópicas, entre muchas otras habilidades; al padre, un astrónomo reputado que abandona el hogar familiar por las noches para medir algo que nadie más que él comprende; a la misteriosa abuela Mamalie, con sus extraños relatos sobre tiempos pasados; a Helen, la madre, que toca el piano de vez en cuando, pero nunca canta. La pequeña Hilda todo lo observa e intenta comprender lo que aún no es capaz de articular. La experiencia mental y corporal de algunas cosas le llegan antes de conocer las palabras que las nombran.

De ahí, de esa incapacidad infantil de distinguir una «o» sobre una pieza de Scrabble y, al mismo tiempo, saber que es la pieza correcta, quizás proviene su interés profundo por el significado de las palabras, por qué recibieron las cosas sus nombres y qué otros significados pueden albergar. El lenguaje llega a ser provocador del trance y el trance funciona como herramienta para acceder al conocimiento que la pequeña Hilda aún no sabe articular.

Durante los años 30 tuvo una relación estrecha con la cinematografía, fue crítica de cine e incluso apareció en varias películas, por lo que la imagen tiene un enorme interés para ella y así lo traslada a sus textos. En *El don*, la visión, no solo en el sentido esotérico sino en el del sentido de la vista, también funciona en diversas ocasiones como detonante de recuerdos entrelazados que, mediante artilugios como zoótropos y caleidoscopios que ponen la imagen en movimiento, recuperan de la memoria retazos de historias de las que debemos entresacar realidades.

El uso de la reiteración de imágenes (como el fuego o las estrellas) contribuye a la sensación de acumulación de significados; cada vez que aparece una de estas y otras imágenes añadimos una pista al misterio de *El don*. Estas imágenes recurrentes alcanzan su significado culminante en el último capítulo.

Porque ¿qué es en realidad ese don que tanto preocupa a la pequeña Hilda? ¿Por qué lo rechazó su madre? ¿Se ha perdido para siempre? ¿O lo ha heredado ella?

En *El don* descubrimos lo importantes que son para H. D. la idea de legado, sea este material o inmaterial, la necesidad de la transmisión de las historias y la construcción de una genealogía femenina en la que poder mirarse y encontrarse. El capítulo titulado «El secreto» es un ejemplo de esta preocupación. En él asistimos a una de las escenas más fascinantes en la que la pequeña Hilda va tirando del hilo que devana la memoria fragmentada de Mamalie, y junto a la niña vamos hilvanando las escenas para dar forma a una almazuela, que es mucho más que una colcha familiar: es un episodio de la historia que podría tener implicaciones universales.

Tras su lectura, permanecerán en nuestra memoria las poderosas imágenes que H. D. evoca a lo largo de la novela y que convierten su historia en un tapiz legendario en el que quedan representados, con vivos colores, los personajes de una nueva mitología.

H. D. escribió *El don* durante los años cuarenta. El detonante y las circunstancias de la afloración de estos recuerdos de la infancia de la autora y su escritura nos serán desvelados en el último capítulo (aviso a navegantes: el texto introductorio de su hija Perdita lo revela antes de tiempo). No seré yo quien redunde en este empeño. Prefiero no arruinarle a quien lee esta novela ese momento decisivo en el que todas las piezas del puzle que es *El don* encajan con ensordecedor estruendo y que resonarán más tarde en los versos de su *Helen in Egypt:*

*let me remember, let me remember*
*forever, this Star in the night*[1]

EVA GALLUD

1. *(N. de la T.)* «Déjame recordar, déjame recordar / para siempre, esta Estrella en la noche». H.D., *Helena en Egipto,* trad. Alfredo Martínez.

# A MENOS QUE CAIGA UNA BOMBA...

«CAFÉ matutino, almuerzos y tés como siempre a menos que caiga una bomba sobre el edificio». Así decía el aviso en el restaurante local de H. D., The Tea Kettle. Después, una mañana: «Más abiertos de lo habitual». Las camareras aún estaban barriendo los cristales rotos. Y se disculpaban pesarosas: «Lo sentimos, hoy solo embutidos y ensalada, parece que hemos perdido nuestra tubería principal de gas». Ofrecían un té bien caliente, no obstante, hecho en una cocina de camping. La vida debía continuar, y así era; a veces alegre, a veces malhumorada, a menos y hasta que una bomba cayera sobre el edificio.

Bryher se había mudado al apartamento de H. D., una estrecha convivencia para dos espíritus tan turbulentos. Para hacer sitio al exceso de material alquiló un espacio de almacenamiento en el sótano. Cuando se intensificaron los ataques aéreos, arrastró hasta allí dos colchones llenos de bultos y creó su refugio privado. Pasaron allí muchas noches ruidosas. Tan pronto como sonaba el fin del ataque volvían a la planta de arriba, desayunaban y comenzaban su día de trabajo.

Bryher se ocupaba de la casa y las provisiones; se levantaba temprano y era la primera en cada cola. Salía de casa con un puñado de bolsas de red vacías y siempre se las arreglaba para llenarlas. Regresaba cargada como una mula. Después entraba en su caótica habitación (papeles tirados por la cama y debajo de ella, la máquina de escribir tambaleándose sobre una mesa de té inestable) y atendía su correspondencia; de media unas veinte cartas al día. También escribió una novela basada en la gesción y la clientela de The Tea Kettle. Y comenzó otra sobre la Batalla de Hastings. Con la puerta abierta, el teléfono sonando y la señora Ash, la asistenta, limpiando y entrando de vez en cuando a charlar.

H. D. necesitaba estructura, privacidad total y un horario estricto. Los cuadernos estaban apilados en montones ordenados, los lápices afilados la noche anterior. Todo preparado, listo para empezar, a menos que una bomba cayera sobre el edificio. Adelantaba bastante mientras Bryher estaba haciendo los recados y terminaba antes de que llegara la señora Ash. Dos, tres horas como máximo. Cada día, siete días a la semana. «Solo estoy repasando algún material viejo», decía. «No espero que salga nada de aquí, pero es sanador para la psique». No quiso contar más, y por supuesto yo no iba a preguntar. «Cuando hablo de mi obra», me dijo una vez, «se frena y se desbarata y se aleja». Hasta el día de hoy, nunca le he preguntado a un escritor o escritora qué está «haciendo».

Lectora voraz y eterna estudiante empedernida, ahora le resultaba difícil concentrarse en sus amados libros. Había siempre mucho tiempo por las tardes y durante las largas veladas, pero los tiempos eran «desintegradores» (una de sus palabras clave). Su psique se resistía a perderse en la página impresa. Así que se dedicó a bordar. De este modo tenía las manos ocupadas y liberaba su mente para volar alto o sosegarse, para disfrutar de los conciertos de la BBC, para conversar con sus amistades. Guardaba su labor en una bolsa marrón blanda que dejaba junto a la lana, hermosas madejas suaves de todos los colores. Siempre la sacaba después del té, y trabajaba mientras los invitados remoloneaban. Cuando se iban, continuaba hasta la hora de la cena. Completó una elaborada obra maestra que cuelga en mi pared. Animales extraños e híbridos merodean por un huerto de frutales sobrecargados. Comenzó otro. También lo tengo, la misma bolsa, la misma lana a la que ni el tiempo ni las polillas han dañado. Lo terminaré para ella algún día.

Estábamos juntas una noche, solo las dos. Ella cosía, perdida en sus pensamientos. Yo estaba leyendo. Bryher entró de pronto en la pacífica escena para anunciar que la mermelada de manzana había explotado y arruinado sus libros. Por alguna razón inexplicable guardaba los suministros en la parte trasera de su librería. Un frasco se había rebosado. Drama, consternación. Un frasco muy especial de mermelada de manzana de Fortnum & Mason de antes de la guerra, que guardaba para Edith Sitwell. ¿Servirá? La probamos allí mismo. La parte de arriba había cristalizado y la de abajo derretido, y había fermentado; era bastante asqueroso. Edith tendría que conformarse con la de grosella negra, aún intacta.

El incidente disparó los recuerdos de H. D. Otras manzanas, los huertos de Pennsylvania, los bosques por los que caminó con sus hermanos Alfred y Eric. «¿Hermanos...?», interrumpí yo. Conocía a Harold y a Melvin; sabía de Gilbert, muerto en la Primera Guerra Mundial. Estos eran dos tíos nuevos. ¿Por qué no los había mencionado nunca? ¿Eran unos indeseables, algún tipo de oveja negra... o eran ilegítimos? Yo estaba muy indignada.

—Solo son medio hermanos. La primera esposa de mi padre murió y se casó con su hermana.

—¡Nunca me lo habías contado!

—Bueno, fue hace mucho tiempo y no merecía la pena sacarlo a relucir.

Hacía mucho tiempo en un lugar lejano y eran suficientes recuerdos por el día. Lo dejé ahí. Nunca revelaba demasiado sobre sus orígenes; solo dejaba caer miguitas de información de vez en cuando. Mi padre estaba fuera de escena, así que mis parientes eran todos del lado materno, y del otro lado del mundo, los Estados Unidos. Unos cuantos vinieron. El tío Harold y el tío Melvin. Y mi abuela con su hermana, mi tía abuela Laura, a quien yo adoraba. Hacían de niñeras cuando Bryher y H. D. viajaban. Pero ambas regresaron a los Estados Unidos cuando yo aún era una niña. La tía Laura sobrevivió a mi abuela unos cuantos años. No volví a verlas.

Mi difunto abuelo sonaba fabuloso. Un astrónomo. Lo imaginaba como un sabio barbudo, como Copérnico en *El libro infantil de los cielos*.

Ahora, cuando leo *El don*, veo que no andaba muy desencaminada. El profesor Charles Doolittle era «un explorador, un descubridor» tan dedicado a su trabajo que literalmente se quedaba congelado a su telescopio. Tenía que descongelarse la barba y los bigotes a intervalos regulares. La casa giraba a su alrededor, especialmente las mujeres. Todo el mundo quedó comprensiblemente traumatizado cuando apareció tambaleándose una noche, incoherente, magullado y cubierto de sangre. La pequeña Hilda nunca se recuperó de la impresión, ni se explica el misterio en el contexto de este libro. Recientemente se descubrió una carta. Al parecer el profesor se bajó del tranvía en marcha. Quizás olvidó pulsar el botón de parada, quizás el conductor no lo oyó. El pasajero se apeó en el aire y se dio un mal golpe. En cualquier caso, sobrevivió. Sus seres queridos se ocuparon de él, lo vendaron y lo cuidaron hasta que se repuso.

Aunque era un genio y una figura dominante, parece haber sido un hombre bastante cálido. Se preocupaba mucho por su familia y cumplía todas las tradiciones: celebraciones navideñas y cumpleaños, excursiones veraniegas a cabañas y parques y lagos.

Era una familia extensa. Cinco hijos y una hija, tíos y tías y primos y primas, y la anciana abuela Mamalie. Una familia distinguida, también.

El padre de Mamalie, el abuelo Weiss, era un fabricante de relojes magnífico. También tocaba el trombón y cuidaba abejas. Habíamos heredado unos de sus relojes. Ha viajado mucho a través de generaciones, hasta el hemisferio Sur, siguiendo al tío Melvin en su puesto en Buenos Aires, y de vuelta a Nueva York y después a Long Island. Un artesano local lo reconstruyó para nosotros; estaba muy impresionado por su belleza y artesanía. Por fuera, se ha recuperado de los cambios marítimos. Pero somos cautos con su mecanismo y su equilibrio delicado, y no podemos darle toda la atención que necesita. Así que está ahí, en nuestra salita, una presencia amable y silenciosa, que marca las siete y cuarto.

Al tío Fred lo pusieron a trabajar en una droguería, una elección de carrera singular e inadecuada. Solo le importaba la música. Sí, finalmente lo admitieron, tenía un don artístico. Lo dejaron seguir su vocación real. Más tarde fundó el coro Bach y el famoso Festival Bach, que sigue siendo un acontecimiento anual en Bethlehem.

Mamá, mi abuela, tenía talento para la pintura. También era musical, cantaba en el coro. Una pitonisa predijo que tendría un niño que estaría excepcionalmente dotado. Se retiró de la competición. Nunca más volvió a pintar o a cantar.

Fue, por supuesto, Hilda. La pequeña Hilda, que no supo nada de esto durante muchos años. El libro está escrito por completo desde la perspectiva de una niña.

¿De dónde provenía el don? ¿Estaba en el aire? ¿O se heredaba? ¿Dónde se originó? Probablemente con Mamalie, cuyo don era extraño… Memoria psíquica. Recordaba cosas que habían ocurrido antes de que ella naciera. Quizás era una novelista histórica frustrada que contaba sus libros. El presente era un revoltijo. Mezclaba nombres y caras, fechas actuales, lugares. Confundía a Hilda con la prima Aggie. La niña ignoraba el error y se acurrucaba para una charla vespertina que se convertía en una larga sesión espiritista. Hilda/Aggie estaba obnubilada. Sabía que debía hacer que la anciana siguiera hablando, si no, se dormiría y nunca terminaría la historia. Aún peor, podría cambiar al alemán, el incomprensible lenguaje de sus antecesores. Ya dejaba caer palabras como *Gnadenhuetten* y Wunden Eiland.

Los primeros moravos se asentaron en Pennsylvania, probablemente acogidos por los cuáqueros, que eran más tolerantes que los protestantes de Nueva Inglaterra o los estados católicos del sur. Estos primeros fieles llegaron desde Inglaterra, los Países Bajos y distintas partes de Alemania. Se refugiaron en los dominios del conde Zinsendorff en Moravia. Él organizó su viaje transatlántico. Así el grupo políglota fundó Bethlehem. La lengua que hablaba era una especie de alemán, la lengua de la mayoría.

Los moravos no deben confundirse con los amish o con otras sectas danesas de Pennsylvania, de las que se diferencian por tener un interés más vivo por el aprendizaje y la cultura. La música es parte esencial de sus vidas. Muchos de los moravos eran artesanos habilidosos. Su trabajo es evidente en la iglesia y los edificios académicos de Bethlehem.

Su fe era un seguimiento literal de la Biblia y eran especialmente amantes de la paz. Pronto hicieron amistad con los indios, a muchos de los cuales convirtieron, hasta el extremo de transformar a tribus nómadas y belicosas en pacíficos agricultores como ellos.

Idearon un método original y encantador de comunicación en aquellos tiempos anteriores al teléfono. Un cuarteto de trombonistas se reunía en un balcón en lo alto de la torre de la iglesia, cada uno en dirección a un punto cardinal. Los tonos que tocaban eran conocidos por todos. Uno anunciaba un nacimiento, otro era un aviso de alarma, otro anunciaba una muerte... y así. Cada ciudadano, con dotes musicales o no, sabía interpretar las notas que volaban sobre el pueblo y el campo desde aquellos cuernos dorados.

*Wunden Eiland*... La isla de las Heridas. Debió haber disensiones ocasionales, choques de clanes y confrontaciones.

Mamalie divagaba, cada vez más metida en el pasado. La niña no podía asimilarlo todo. Lo hiló todo más tarde. Fue consciente de «aquello» (sinónimo del don): atavismo, transmigración de almas, el peso de los acontecimientos pasados. No podía comprenderlo. Se sentía poseída, atrapada por «aquello». Nunca libre hasta que «de nuevo silbaron las alas del mal, cayeron las flechas envenenadas, la firma mortal de un signo de magia malvada en el cielo». Los bombardeos de Londres, aquel tiempo irreal (y demasiado real) que describe en el capítulo final o epílogo. Cuando la escritura era su terapia. Parte de esto provenía de la experiencia directa:

*Algún incidente aquí y allá,*
*y los raíles disueltos (en fusiles)*
*de esta vieja plaza tuya (y mía).*[1]

1. *(N. de la T.)* Primera estrofa del largo poema *The Walls Do Not Fall*, que H. D. escribió en 1942 y fue publicado en 1944. (Traducción de Natalia Carbajosa para Lumen).

El don le ofreció un escape. Su mente estaba obviamente inmersa en ello, muy lejos, la tarde en que explotó la mermelada de manzana.

El manuscrito original de *El don* era mucho más largo. Un juicioso recorte no ha afectado al espíritu ni la calidad, sino que lo ha convertido en un libro mejor.

Han pasado cuarenta años desde que se escribió *El don*. El don continúa, prosigue su propio curso. No se puede ni empujar ni tirar de él. Reflexiono sobre el interés en la astrofísica de mi hijo mayor, su camino con la palabra escrita y su gran apreciación de la música. A sus tres hermanos también les gustan la literatura y las artes. Sus gustos musicales pueden parecer eclécticos, pero forman parte de un todo. Estoy segura de que al tío Fred le hubieran encantado los Beatles.

El 10 de septiembre, cumpleaños de H. D., viajamos a Bethlehem. Amigos hospitalarios nos acogen allí cada año, siempre después de los funerales. Ahora nos reunimos una vez al año, para celebrar una ocasión feliz. Hay una lectura, un té y una procesión durante el crepúsculo al cementerio Nisky Hill. Dejamos flores junto a una hermosa inscripción: «Flor griega, éxtasis griego» y guardamos algunas para los demás Doolittle y Wolle. El profesor Charles Doolittle y mi abuela y mi tía Laura. Y el tío Gilbert y el tío Fred. Todos erosionados y musgosos, casi ilegibles. Y el tío Harold, el tío Melvin y la tía Dorothy, relucientes y nuevos en comparación.

Justo más allá de este enclave hay un libro de piedra, medio abierto, y anónimo; las páginas están en blanco. La tumba de un inocente, quizás. Un bebé, o una niña frágil, cuya vida era un libro abierto. O un renegado cuya historia no puede ser contada. Un venerable erudito... o un poeta. El don, en otra familia.

PERDITA SCHAFFNER
(1982)

# CAPÍTULO 1
# CUARTO OSCURO

El cerebro entra en juego, sí, pero solo es la herramienta.
El teléfono no es la persona que habla a través de él.
El cuarto oscuro no es la fotografía.

CAMILLE FLAMARION
*La muerte y su misterio*

HABÍA una chica que murió quemada en el seminario, que es como llamaban a la antigua escuela de la que nuestro abuelo era el director.

Durante mucho tiempo tuvimos la impresión de tener dos padres, Papá y Papalie, pero los niños del otro lado de la calle decían que Papalie era nuestro abuelo.

—No lo es —decíamos nosotros—, es nuestro Papalie.

Pero Ida, nuestra fiel amiga, que cocinaba y nos leía cuentos de los Grimm por la noche antes de dormir, decía que sí, que Papalie era nuestro abuelo, la gente tenía abuelo, a veces tenía dos. El otro abuelo estaba muerto, era el padre de Papá, explicó. Pero la chica que murió quemada, murió quemada vistiendo una crinolina. El árbol de Navidad estaba encendido al fondo de uno de los grandes vestíbulos y los volantes o los lazos de la chica prendieron y ella llevaba una gran crinolina.

Las demás muchachas se quedaron de pie alrededor. Estaba Mamá, que era una niña pequeña, y la tía Laura, de quien Mamá decía que era la guapa, dos años mayor, y tía Agnes con su vestido largo, que en los daguerrotipos y fotografías antiguas parecía la joven madre de dos niñas pequeñas y tres chicos, los tíos.

Mamalie se había casado dos veces; había un cuadro de un familiar de la tía Agnes con una peluca y una espada; había pertenecido a la corte del zar Alejandro, en Rusia; eso fue hace mucho tiempo. Los hijos de la tía Agnes eran jóvenes, casi como tíos. Habían sido ocho en total; sobrevivieron cinco. Hubo una niña pequeña, y en nuestra parcela en Nisky Hill, había una niña que era nuestra propia hermana y otra niña que había sido la hija de la señora que fue la primera mujer de Papá. Pero la chica de la crinolina no era pariente, solo era una de las muchas chicas del seminario cuando Papalie estaba allí y ella gritó y Papalie se acercó corriendo y Papalie la envolvió en una alfombra, pero ella gritaba y no podían arrancarle las ropas por culpa de la crinolina.

—¿Por qué están llorando? —Es Mamá y su hermano, el pequeño Hartley. Mamalie se los encuentra agazapados en el descansillo de la escalera, debajo del gran reloj que el padre de Mamalie había fabricado con sus propias manos.

—Es un reloj de abuelo —decíamos con orgullo— y lo fabricó la familia de Mamalie.

—Anda, entonces sí que es el reloj del abuelo —remarcó una visitante de fuera del pueblo; percibimos indiferencia, incluso irreverencia en su extraña pronunciación lenta y baja. ¿Acaso no era algo de lo que estar orgullosos, que el padre de Mamalie hiciera relojes? Nosotros estábamos muy orgullosos. Al padre de Mamalie incluso le pidieron que fuese a Filadelfia a cantar en una gran misa coral; cuidaba abejas y tocaba el trombón en la misa de Pascua en el viejo cementerio cuando salíamos y decía «el Señor ha resucitado» y observaba el sol salir sobre las tumbas.

Pero los de «por qué están llorando» eran Mamá y el pequeño Hartley, no eran Hilda y el pequeño Harold. Hilda y el pequeño Harold no se arrastraron bajo el reloj y lloraron, pero el reloj era el mismo.

—¿Por qué estás llorando?

Mamá, que era más mayor, dijo:

—Lloramos porque se murió Fanny.

Mamalie se rio y nos contó la historia de Mamá y el tío Hartley arrastrándose bajo el reloj, que era el reloj de nuestra casa de ahora y lo había hecho nuestro bisabuelo que cuidaba abejas y le habían pedido que fuese a cantar a Filadelfia, incluso en un teatro y en una sala de ópera.

—Estaban llorando —explicó Mamalie, cuando nos preguntábamos por qué se reía— porque se murió Fanny.

—¿Y qué tiene de gracioso?

—Bueno, veréis, era imposible que se acordaran de Fanny. Fanny murió antes de que naciera Hartley, y vuestra mamá era solo un bebé, ¿cómo iba a acordarse de Fanny?

Me quedé pensando en eso. Mamá estaba llorando por Fanny. ¿Por qué a Mamalie le resultaba gracioso? Mamalie no parecía pensar en Fanny, Mamá no hablaba a menudo de la pequeña Edith, y a la otra niña no se la mencionaba. Ida decía que era mejor que no compartiéramos las flores de Edith por su cumpleaños en abril con las otras tumbas, con la señora y con Alice. A nosotros no nos parecía bien, pero había cosas que no comprendíamos.

Habíamos repartido de forma equitativa los pensamientos de Edith sobre la tumba gemela de Alice y después cogimos de ambas para la señora que no era nuestra madre sino la madre de los dos (para nosotros) hombres adultos, nuestros hermanos, que estaban terminando su trabajo en la universidad al otro lado del río; se llamaban Eric y Alfred. Pero Ida dijo que las flores eran para Edith y que «vuestra madre se sentirá dolida». Esto no lo entendimos, pero nos habían enviado con una cesta de pensamientos y belloritas blancas y rosas para la tumba de Edith, así que recogimos los pensamientos y las margaritas de las tapas planas de las otras tumbas y se las devolvimos a Edith. Y después estaba Fanny, difícil de encontrar en la parcela llena de gente donde estaban los otros hijos de Mamalie y la tía Agnes. Estaba Elizabeth Caroline, por ejemplo, que había sido el primer bebé de la tía Agnes y el tío Will. Pero Fanny, de entre todos ellos, se convirtió en un mito; era un símbolo en la familia.

—¿Por qué estás tan triste, Helen? —podría decir Mamalie.

Entonces Mamá contestaba, quizás de forma demasiado abrupta, o demasiado rápida, forzando la esperada respuesta: «Mimmie, ya sabes por qué. Estoy llorando porque se murió Fann». Y ambas se echaban a reír.

Parece que yo había heredado aquello. Yo era la heredera. A los chicos, que eran tantos (los dos hermanos y después el bebé, los dos medio-hermanos, los cinco primos Howard ya adultos, por no mencionar a los mocosos, Tootie, Dick y Laddie que vivían con sus padres, nuestro tío Hartley y nuestra tía Belle en la casa de al lado en Church Street), no les importaba Fanny; el pequeño Hartley lloró solo porque su hermanita mayor estaba llorando. A mí me importaba Fanny. Y se murió. Heredé a Fanny de Mamá, de Mamalie, si quieres verlo así, pero yo heredé a Fanny. ¿Acaso era yo la reencarnación de Frances? Entonces sería la única hija de Papalie, pues el nombre de Papalie era Francis; sería como Mamá; en cierto modo, yo sería Mamá, tendría hermanas importantes y hermanos solo como aparente contrapeso. ¿Por qué siempre eran las chicas las que se morían? ¿Por qué Alice y no Alfred? ¿Por qué Edith y no Gilbert? Yo no lloraba porque Fanny estuviese muerta, pero había heredado a Fanny. Mamá lloraba (aunque rara vez la vi hacerlo) porque Fanny había muerto, así que Mamá había llorado. Yo no lloré. El llanto estaba congelado dentro de mí, pero era mío, era mi propio llanto. Estaba Alice, mi media hermana; Edith, mi propia hermana, y yo era la tercera de este trío; las tres Moiras, o quizás Fanny era la tercera. El don estaba ahí, pero la expresión del don estaba en otra parte.

Yacía enterrado. En los países antiguos, se sacaban a la luz fragmentos de mármol tras largos años. Sobre estos altares, habían descansado flores, pensamientos silvestres, laurel de montaña, rosas. De modo que nosotros colocábamos, en su temporada, margaritas, rosas y peonías en aquellos altares del viejo cementerio donde las lápidas estaban tumbadas, o en el nuevo cementerio donde los más mundanos recién llegados a nuestro pueblo erigían columnas, rotas de forma artificial, alrededor de las cuales trepaba hiedra esculpida. Levantaban muros alrededor de sus parcelas pequeñas y personales con piedras blancas o con barandillas de hierro con cadenas; para esos advenedizos, la muerte era un asunto privado y personal, no como los primeros moravos que descansaban, más o menos en el orden de su partida, bajo pequeñas lápidas que yacían simétricas a la misma altura, como fichas de dominó sobre un tapete de paño verde.

En la escuela estaba la señorita Helen. Estaba la Lección del Castor; el diagrama del castor estaba colgado en la pared junto al dibujo en blanco y negro de un esquimal y la casa de nieve del esquimal. El esquimal vivía en una casa de nieve, parecida a las que nosotros intentábamos construir, pero nunca conseguíamos redondear bien o, si eran de cualquier tamaño, que no se cayera el techo. Estaba la señorita Helen. Estaba el mapa que recortó en papel marrón y la ofrenda de un camello mío pegado. Trajimos fotos, recortadas de los anuncios de la parte de atrás de las revistas; la señorita Helen escogió aquellos adecuados para su mapa de África en papel marrón; pegó el animal o la palmera donde correspondía en el mapa. Había un oasis que era, dijo, una isla en el desierto.

Estaban los egipcios que vivieron a lo largo del río. Construyeron casitas para vivir en ellas cuando muriesen. En esas casas bajo tierra apilaban muebles, sillas, mesas, cajas, tarros, incluso comida. El trigo que sacaron de una tumba (que había estado enterrado miles de años) creció cuando lo plantaron. El grano creció como los granos de maíz amarillo que dejábamos sobre un trozo de mosquitera atado sobre un vaso. Rompíamos las ramas desnudas de los castaños y les salían hojas, mucho antes de que el verde asomara en las copas. Los árboles de fuera se alineaban junto al paseo de ladrillos que llevaba hasta la cuesta desde Church Street más allá de la iglesia de la casa de muertos (como llamábamos a la funeraria) hasta la escuela.

Florence dijo que una de las Hermanas yacía en la casa de muertos, pero no pudimos verla. La casa de muertos tenía unas ventanitas, demasiado altas, pero Florence dijo que Melinda había dicho que Nettie había dicho que había una Hermana en la casa de muertos. Se quedaría allí hasta que la llevaran al cementerio viejo, o más probablemente a Nisky Hill, porque el cementerio viejo estaba abarrotado. A lo largo de la valla del cementerio viejo había montículos con lápidas, que eran los soldados, grises y azules, que habían muerto en el antiguo seminario cuando Papalie estaba allí, durante la Guerra Civil. Los llevaban en carros a los hospitales de Filadelfia, pero si estaban demasiado débiles o se iban a morir, los dejaban en el seminario de Church Street donde yacían en filas de camas donde habían estado las niñas, antes de que desmantelaran la escuela para convertirla en un hospital para los soldados de Gettysburg. También había habido soldados heridos, durante la Guerra de Independencia.

Papá había sido soldado y el padre de Florence también. Papá solo tenía diecisiete años; les dijo que tenía dieciocho. Él y su hermano Alvin se fueron, y Alvin murió de fiebres tifoideas. Papá también tuvo tifoideas. Dijo que su madre lloró cuando lo vio volver, dijo: «Oh, pensé que eras Alvin, que regresaba». Papá nunca nos contó mucho sobre él, excepto que su madre se decepcionó cuando supo que era Charles y no Alvin quien había regresado de la Guerra Civil.

Papá salía a mirar las estrellas por la noche. Las medía o medía algo, no sabíamos muy bien qué. Podíamos ver lo que Papalie estaba haciendo con su microscopio sobre su mesa de estudio. Pero cuando Papá nos llevaba a su casita abovedada (con una bóveda como la que los esquimales hacían sobre sus cabañas de nieve) y le pedíamos mirar por su telescopio, nos decía que no veríamos nada; no se podía ver lo que él miraba, o buscaba, durante el día. Papá miraba un termómetro y abría o cerraba una persiana (que se abría tirando de unas cuerdas) en el tejado curvo o bóveda de su casita, que estaba construida arriba en las montañas, por encima de los edificios de la universidad, del otro lado del río. Cuando le seguíamos pidiendo que nos dejase mirar, nos dejaba mirar, pero era como nos había dicho: solo había un destello blanco y nada que ver, y nos hacía daño en los ojos. Sería muy tarde para ir allí por la noche, dijo, y, de todas formas, por la noche estaba ocupado.

No puedo decir que la historia titulada «Barba Azul», que nos contó Ida de uno de los cuentos de hadas, estuviera realmente ligada en pensamiento (¿acaso era posible?) con nuestro amable padre. Había un hombre llamado Barba Azul y mataba a sus esposas. ¿Cómo es que Edith y Alice y la señora (la madre de Alfred y Eric) pertenecieron todas a Papá y estaban en el cementerio? No, por supuesto que yo no relacioné estos dos hechos.

—Pero ¿por qué le llamaban Barba Azul? —le pregunté a Eric, que tenía tiempo de contestar preguntas que otros no podían o no querían contestar—. Tenía la barba azul, ¿es por eso?

—No —dijo Eric—, era una forma de decir que tenía la barba muy negra.

Papá tenía una barba negra. (Unos años más tarde se volvería blanca, casi de la noche a la mañana, pero eso viene después.) Había un hombre con una barba negra y una esposa muerta o esposas muertas y estaba Edith y estaba Alice y estaba la señora cuyo nombre, escrito sobre la piedra, era, nos dijo Ida («pero no le preguntéis a vuestra madre»), Martha. El nombre Martha estaba escrito sobre una piedra y Alice estaba escrito y Edith. Mi nombre era Hilda; Papá encontró el nombre en el diccionario, contaba. Dijo que pasó el dedo por los nombres de la parte de atrás del diccionario y su dedo se detuvo en Huldah, después subió una línea a Hilda. ¿Qué habría sido yo, quién habría sido, si mi inicial hubiera estado al principio y él hubiera puesto el dedo sobre Alice? ¿Él había puesto el dedo sobre Alice?

Papá salía cada noche de la casa «como un ladrón», solían decir, «o un astrónomo», si brillaban las estrellas. Si las estrellas brillaban («oh, dios de las estrellas, haz que brillen»), entonces Mamá subía la lámpara del centro de la mesa redonda en el cuarto de estar y doblaba el mantel bordado y le decía a Gilbert o a Harold o a Hilda: «Toma esta pila de libros, no los dejes caer, y ponlos sobre el piano. No, el piano está abierto, no llegas, en el suelo no, no se ponen los libros en el suelo, no, en la silla no... Aquí», y los cogía de nuevo y los apilaba sobre otros libros en la estantería de la esquina.

Estaba el reloj de cuco que daba (demasiado pronto) las ocho; a la cama. Estaba el escritorio en la esquina, en uno de cuyos compartimentos había una cajita con algún tipo de huevos, no estábamos seguros de qué tipo de huevos. «Pero no se abrirán ahora», había dicho Papalie. Mamá pensaba que podían ser peligrosos, podían ser huevos de serpiente.

—Pero si no se van abrir. Mamá, ¿por qué no los tiras?

—Ay, dame esa caja, te he dicho que no toques esa caja.

—Pero has dicho, Papalie ha dicho, que no se abrirán, ¿no puedo tirarlos en el jardín?

—No, no.

—¿Por qué no?

—Puede que se abran,

—Pensé que habías dicho, que Papalie había dicho, que no se abrirían ahora.

—Dijo que creía que no se abrirían ahora.

—Entonces pueden abrirse, ¿pueden abrirse aquí en el escritorio?

—No, no, no... Deja esa caja. No la agites.

—Pero habías dicho...

Papalie tenía un caimán en su ático, en un tanque con una red firme, pero de todas formas «eh, chicos, no debéis subir ahí más».

—Pero el caimán está dormido.

Mamalie nos contó que alguien que conocía a Papalie le había enviado dos caimanes, tan pequeños como lagartos muy grandes, en una caja de puros desde Florida. Estaban cubiertos de musgo de Florida. Se llamaban Cástor y Pólux; uno se murió y fue barnizado y colocado sobre un tablero y colgado sobre el escurridizo sofá de pelo de caballo del estudio de Papalie. Una vez una tarántula cayó desde un racimo de plátanos en la tienda del señor Luckenbach, el verdulero de la esquina.

El señor Luckenbach la metió en una caja de zapatos y corrió a cruzar la calle para preguntarle a Papalie qué era. Todo el mundo le traía cosas como esas a nuestro abuelo, porque tenía un microscopio y estudiaba cosas y hacía dibujos de ramas de musgo que no se podían ver con los ojos. Las ponía en un portaobjetos de vidrio o prensaba una gota de agua de una botella (que había traído de sus viajes a las montañas) entre dos láminas de vidrio. Eso (con el tiempo se nos explicó) eran *algae* de agua fresca, un tipo de musgo, invisible (en su mayor parte) a simple vista. La niña de mis ojos. Él era el ojo desnudo, él era la niña de los ojos de Dios. Era ministro, leía cosas de la Biblia, decía: «Yo soy la luz del mundo», cuando se abrían las puertas del otro extremo de la iglesia y las Hermanas metían las bandejas de velas de cera de abeja encendidas en la iglesia, con sus tocas y sus mandiles, mientras el tío Fred en la galería, tocaba al órgano muy suavemente *Noche de paz.*

Cuando Mamá doblaba el mantel bordado y lo colocaba sobre los libros, podía sacar el juego de mikado o una caja con una herradura que era un imán que arrastraba y hacía dibujitos con limaduras de hierro. Pero podía vaciar la caja de cuadrados amarillos y decir: «Vamos a hacer anagramas; Gilbert, ayúdanos».

No había ninguna palabra que yo pudiera deletrear, ni una, ni siquiera g-a-t-o, pero si me asomaba por encima de Gilbert y me agarraba al borde de la mesa, de vez en cuando podía elegir una letra; a veces era la correcta, pero no muy a menudo.

«Mimmie, ha deletreado una palabra», le decía Mamá orgullosa a Mamalie, nuestra abuela, o si estaba la tía Jennie: «Mira, Jennie, ha deletreado perro», y Jennie la retiraba y decía: «p-e-r-r-e no significa nada, que yo sepa; la Hermana sabe distinguir la *o* de la *e* aunque tú no sepas, Gibbie». Yo podía incluso percibir que, milagrosamente, una forma redonda y negra sobre el cuadrado de cartón amarillo, estaba sola y me miraba, junto al codo de tía Jennie.

Era un juego, era una forma de hacer palabras con palabras, pero era sin duda una forma de deletrear palabras; era como un encantamiento. El reloj de cuco no sonaba, no podía, porque el mundo se había detenido. Yo no estaba congelada en el tiempo, era como una de las gotas de agua que Papalie traía de las montañas o de un viaje a la cascada del Delaware en un tarro. Era una gota de vida activa y eterna, perfecta; estaba viva, completa, no se secaría en la memoria como el musgo prensado (Papalie también tenía musgo prensado). Pero había una diferencia entre el musgo prensado de Papalie y las cosas que brillaban en la lente de cristal de su microscopio, sobre el portaobjetos de vidrio que hacía un momento eran simplemente dos piezas de vidrio vacías, como dos diapositivas pequeñas de una linterna mágica, pegadas juntas.

Cuando Papalie nos subía, uno por uno, para arrodillarnos sobre la silla de su mesa de trabajo, veíamos que era cierto lo que decía, veíamos que donde no hay nada, hay algo. Veíamos una gota de agua vacía extender sus ramas, de un verde brillante o bermellón, en la forma de una rama de árbol de navidad o con la forma de una peonía aplastada o con la forma de un montón de cuentas verdes de cristal cosidas sobre un tallo verde.

Tenían tanto que ofrecernos, Papá y Papalie y el viejo Padre Weiss, como todo el pueblo llamaba cariñosamente al padre de nuestra abuela. Hubo otros antes de estos, que volvieron a los inicios de América y antes de América, pero... ninguno de nosotros tenía el «don», decían.

—¿Qué quiere decir?

—Oh, nada... No significa nada.

Pero sí significaba algo. No pensaban que ninguno de nosotros estuviera marcado con esa cosa extraña que ellos llamaban un don, la cosa que el tío Fred tuvo desde el principio, aquello de lo que Papalie (decían) no estaba seguro, así que pusieron al tío Fred en una botica. Nosotros no teníamos ningún don del que asegurarse.

¿De dónde sacó el don? ¿Así como así? ¿Por qué Mamá no esperó y nos enseñó música como hizo con el tío Fred cuando era pequeño? Mamá le dio toda su música al tío Fred, eso es lo que hizo. Por eso no teníamos el don, porque era Mamá la que comenzó siendo música y después dice que enseñó al tío Fred; se lo dio, le dio el don al tío Fred, debería haber esperado y habernos dado el don a nosotros. Pero, al parecer, existían otros dones.

—¿Qué quieres decir, tío Hartley?

—La gente dibuja, si una persona dibuja o escribe un libro o algo así; un don no es solo la música. Los artistas son personas con un don.

—¿El tío Fred es artista?

—Bueno, sí. Supongo que sí. Sí, por supuesto que Fred es un artista.

—¿Pero un artista no es alguien con una caja de pinturas y un sombrero grande?

—No, un artista es alguien que, bueno, que puede dibujar, o pintar o escribir un libro o incluso hacer otras cosas.

—¿Cómo qué?

—Bueno, no sé, a ver, para ser artístico... Supongo que podríamos decir que vuestra tía Belle era artística.

—¿Entonces las mujeres pueden ser lo mismo que los hombres?

—¿Lo mismo de qué?

—Me refiero a lo que has dicho, lo de escribir un libro.

—Bueno, sí, las mujeres escriben libros, por supuesto, muchas mujeres escriben libros muy buenos.

—¿Como Louisa M. Alcott?

—Sí, como Louisa Alcott y Harriet Beecher Stowe.

—¿Quién es esa?

—La de *La cabaña del tío Tom*, ya sabes, viste el desfile y la representación, ¿no?

Vimos al tío Tom. Estaba sentado en un banco delante de una choza de madera dibujada en un carro. La choza era su cabaña y nos dijeron que el libro se llamaba *La cabaña del tío Tom* y que la obra que nos llevaban a ver, en un teatro de verdad, al otro lado del río, se titulaba *La cabaña del tío Tom,* pero era el libro el que lo empezó o era la historia real, en el principio, lo que lo inició, porque el tío Tom era un negro de verdad con la forma de una rama de árbol de Navidad que baja por el río Sewanee.[1]

Eso fue antes de la Guerra Civil, que ocurrió hace mucho tiempo, cuando Papá tenía diecisiete años, aunque les dijo que tenía dieciocho para poder marcharse con su hermano Alvin a Indiana y ayudar a liberar a los esclavos.

Los esclavos estaban atados juntos y caminaban en fila así encadenados, con los pantalones hechos trizas y zapatos viejos o descalzos, y un hombre con un sombrero grande y un látigo; hacía restallar el látigo a su alrededor, pero Ida decía que no les estaba golpeando de veras, solo hacía sonar el látigo así para mostrar cómo Simon Legree (que así se llamaba) dirigía a los pobres esclavos en los campos de algodón, allá abajo en el sur.

Había alguien sobre el hielo con un bebé, pero el bebé, me dijo Ida, era un muñeco y el hielo no era real porque era verano y se habría derretido. Pero Eliza, creo que se llamaba, se deslizó junto con el hielo sobre ruedas, igual que la cabaña del tío Tom. Entonces salieron algunos caballos y burros; era una especie de carreta dorada o era un carro como el de

1. *(N. de la T.)* Referencia a un verso de la canción *Old Folks at Home,* que pertenece al minstrel, un género teatral y musical racista y típicamente estadounidense. Fue escrita por Stephen Foster en 1851. Desde 1935, ha sido la canción oficial del estado de Florida, aunque en 2008 se revisó la letra para que no fuera ofensiva.

*Swing Low, Sweet Charriot,*[2] y había un ángel, solo que estaba hecho de madera y dorado por encima como los adornos del árbol de navidad, y tenía una corona de flores en las manos. Estiraba las alas y sujetaba la corona sobre la cabeza de la pequeña Eva que era lo más importante del desfile.

Había perros de verdad que tiraban de correas, con collares alrededor del cuello. Eran peros muy grandes. Ida dijo que eran sabuesos, de los que cazaban esclavos, y los esclavos seguían y cantaban canciones del libro de Tío Bob encima del piano. Cantaron *Massa's in the cold, cold ground,*[3] o simplemente tarareaban, y entonces Simon Legree hacía restallar su látigo y dejaban de cantar. Los sabuesos los perseguían a través de los bosques, solo que ahora ya no eran esclavos.

—Solo es un desfile —dijo Gilbert—, son tan libres como tú.

Los negritos atados juntos eran tan libres como yo porque nuestro padre y nuestro tío Alvin lucharon en la Guerra Civil y ahora todos tenemos la misma bandera que Betsy Ross cosió en una casa en Filadelfia, de la cual hay una foto en la escuela, con los trece estados originales que son las trece rayas y el resto de estados que son las estrellas. Nuestro estado, que es Pennsylvania, es uno de los trece estados originales.

---

2. *(N. de la T.) Swing Low, Sweet Chariot* es un espiritual afroamericano estadounidense cuya primera grabación data de 1909. Quizá fue compuesta por Wallace Willis, un hombre negro emancipado en la actual Choctaw, cerca de Oklahoma, antes de 1862, inspirado por el río Rojo, que le recordaba al río Jordán y al profeta Elías que fue llevado al cielo en un carro de fuego.

3. *(N. de la T.) Massa's in the cold, cold ground* es un minstrel compuesto por Stephen Foster en 1852. La canción habla de los esclavos que lloran ante la tumba de su amo europeo-americano.

Una vez nosotros también tuvimos un desfile; todos agitábamos las banderas cuando nos encontrábamos con niños de otras escuelas. Eso fue por 1492, quiero decir, fue en 1892 cuando se cumplían cuatrocientos años desde que Colón descubrió América.

Nosotros éramos americanos y también los negritos que estaban atados juntos y también Simon Legree y también la pequeña Eva. La pequeña Eva murió en una cama, nosotros la vimos morir. Era un escenario, dijo Ida. Se dice escenario, y fue nuestra primera vez en el teatro. Sabíamos que era un escenario porque teníamos nuestras funciones escolares sobre el escenario del gran vestíbulo de la escuela. Entonces murió la pequeña Eva y era como si se hubiera muerto, pero después volvió otra vez con un camisón largo. La pequeña Eva no estaba muerta en realidad. Era la misma niñita con el pelo largo y dorado que llevaban en el carro calle abajo, y volvería a hacer todo aquello otra vez en Allentown o Easton, dijo Ida. Iban por otros pueblos, igual que el circo, pero esto no era el circo. El tío Tom también murió y entonces fue cuando la pequeña Eva volvió después de muerta y era un sueño o una visión, como algo de la Biblia, que el tío Tom tuvo cuando murió.

Así es como fue. La pequeña Eva estaba de verdad en un libro, pero la pequeña Eva estaba sobre el escenario y la vimos morir, igual que en el libro, dijo tía Belle, aunque no lo habíamos leído. Tía Belle se sentó en la fila de detrás de nosotros con Tootie y Tootie se cambió de sitio con Gilbert (porque no podía ver bien) en el entreacto. A Tootie quien más le gustaba era Topsy y a Harold también, creo.

A Ida y tía Belle les gustó la canción que cantaba el padre de la pequeña Eva cuando la madre de la pequeña Eva tocaba el piano. Tuvimos que esperar a que terminara aquello antes de poder ver a los sabuesos. Los sabuesos persiguieron de verdad a Eliza sobre el hielo. Ella gritaba y saltaba sobre los trozos de hielo y una se olvidaba de que no era hielo. Te olvidabas de la gente de alrededor y de que estabas en el teatro, te olvidabas incluso de que estabas en una ciudad, de que tendrías que volver a casa después. Así funcionaba. Todo el mundo esperando, y alguien se rio cuando los sabuesos husmearon alrededor de las luces de la parte delantera del escenario y no persiguieron a Eliza. Pero pude ver que en realidad no eran perros terribles. Vi que eran muy buenos perros, pero a la vez, algo en mí que escuchaba a Ida cuando nos leía cuentos de hadas, algo en mí sabía que eran perros terribles y horribles, que se lanzarían sobre Eliza y su bebé, que era solo un muñeco envuelto o quizá solo un fardo, y la morderían y la destrozarían hasta matarla. Quiero decir, sabía que estábamos allí, que Harold estaba a mi lado y que Tootie tenía el asiento del final en el que había estado Harold para poder mirar por el pasillo. Harold estaba a mi lado, donde había estado Gilbert.

Había tres actos, dijeron. Habíamos visto el primero y el segundo. Había unos actos cortos entremedias en los que simplemente echaban el telón. En los entreactos, todo estaba igual que cuando llegamos. Los asientos eran de terciopelo rojo; había un chico con una gorra redonda que bajaba por el pasillo vendiendo palomitas. Tootie dijo:

—¿Podemos comer palomitas, Mamá?

La tía Belle nos compró palomitas. Pero todo el rato podías decir, incluso cuando crujían las palomitas, que todo era diferente. Es decir, todo continuaba incluso cuando las luces se encendían en el teatro, incluso cuando la gente se giraba en sus asientos y hablaba y los muchachos de la galería gritaban y pataleaban.

Los de la galería eran los estudiantes de la universidad; tía Belle los llamaba muchachos. Pataleaban y reían y daban palmas y hacían un montón de ruidos silbando a los sabuesos, cuando salían al escenario.

—¿De qué se ríen, tía Belle?

—Bueno, algunos de ellos vienen de grandes ciudades o incluso de Nueva York. Supongo que piensan que este es un divertido teatrillo provinciano.

—¿Qué es *provinciano*, tía Belle?

—Un lugar pequeño, un pueblito, como el nuestro; quiero decir, para ellos, para muchos de ellos, es un espectáculo divertido y anticuado, por eso se ríen y se divierten así, silbando en el momento equivocado para que los perros se olviden de perseguir a Eliza.

Para los muchachos de la universidad era divertido silbar y patalear.

Pero la gente les mandaba callar y un hombre de delante se dio la vuelta y dijo que hablaría con el jefe sobre esto, y en el último acto, cuando el tío Tom muere, quizás el hombre había hablado con el jefe porque los muchachos universitarios parecían estar callados en la galería.

Los muchachos de la universidad eran hombres jóvenes como nuestros primos Howard y Eric y Alfred, que iban a la universidad también. La cosa es que eso era muy emocionante y quizás los muchachos de la universidad pensaban también que era emocionante, pero de una manera distinta. No comprendían cómo es para ciertas personas. No entendían que cuando tía Belle preguntó si le importaría a Gilbert volver con ella para que Tootie se sentara junto al pasillo, aquel pasillo era el mismo que el pasillo de la iglesia. Ellos no podían entender cómo alguna gente puede sentarse así en las sillas de terciopelo rojo en la oscuridad, y que era como estar en la iglesia.

El teatro estaba oscuro y las luces que tía Belle llamaba candilejas eran como las nuestras de la iglesia, cuando nos sentábamos en las filas, los mayores y los niños así, y las Hermanas bajaban por los pasillos para darles velas a los niños.

Mucha gente no sabe las cosas que nosotros sabemos ni que el tío Tom estaba teniendo una visión, como algo de la Biblia, cuando vio a la pequeña Eva con su camisón largo y su pelo dorado, de pie delante de la cortina que tenía unas alas pintadas, justo donde la pequeña Eva estaba, de tal forma que la pequeña Eva parecía la princesa de nuestro libro de hadas que tenía el pelo largo y dorado, solo que la princesa no tenía alas, solo que quizás los muchachos de la universidad no tenían ese tipo de libro o quizá no sabían cómo mirar los dibujos o ver cosas en ellos y después verlas como si fueran un cuadro.

En todo caso, había terminado. Regresamos a casa. Pero la calle nunca volvería a ser la misma, sería siempre diferente, en realidad todo sería siempre diferente. Esta calle por la que caminábamos, desviándonos a propósito para frustrar a tía Belle e Ida (que hubieran preferido, lo sabíamos, el camino corto por el puente y subiendo la colina), era la calle por la que, ayer, habían empujado a tío Tom, junto con su cabaña de troncos; los sabuesos que habíamos visto, hacía menos de una hora, persiguiendo a Eliza, habían olisqueado y husmeado su camino sobre estos mismos adoquines. Aquí junto a Linden House, el desfile se detuvo y los esclavos empujaron juntos y Simon Legree se quitó el sombrero y sacó un puro. Yo habría deseado que el desfile se quedara atascado cerca del final, y así podría haber mirado y mirado a la pequeña Eva, podría haber empujado y haber tocado una rueda dorada del carro.

Aquí los burros habían aflojado el paso e hicieron que uno arrastrara un tronco, supongo que para mostrar cómo se construyó la cabaña. Bueno, en realidad pasaban tantas cosas que uno iba recordando a trocitos. A la luz de la representación, los detalles del desfile llegaban desde una perspectiva diferente, todo se hacía realidad, eso es lo que pasaba. Todo se hacía realidad.

La calle se hacía realidad en otro mundo; nuestra calle lateral más allá de Linden House en nuestro pueblito al que los estudiantes de la universidad, dijo tía Belle, llamarían provinciano, era una calle por la que habían pasado las ruedas de un gran desfile. Vale, sabía que solo se trataba de la pequeña Eva en un carro dorado chapucero y aun así era el albor del arte, era el sol, el drama, el teatro, era poesía..., era música, era folclore y canciones tradicionales, era historia. Era todas esas cosas y en nuestro pueblito, sobre la acera de la calle, los tres niños, y quizá Tootie, contemplativo, eran todos los niños del mundo; en Roma, en Atenas, en Palestina, en Egipto habían visto carros dorados, habían visto hombres negros encadenados y capataces crueles blandiendo látigos. Era Alejandría, era un triunfo romano, era una procesión de un misterio medieval con un demonio, que era Simon Legree, y las pobres almas oscuras del purgatorio, que eran los negros encadenados, y era Palas Atenea en su carro con la Victoria Alada posada con la corona de olivo, que venía a salvarnos a todos.

Era como todas esas cosas y muchas más, y los nombres de muchas ciudades podrían tejerse juntas sobre un estandarte que fuese llevado a la cabeza de este desfile, y aun así no habríamos contado la mitad de la historia. Era arte o muchas de las artes, concentradas y quizá consagradas por la mirada fija de estos mismos niños estadounidenses quienes, en la intensidad de su percepción infantil, aunque inherente o heredada, glorificaban a estos actores ambulantes de pacotilla, y así se fundían en uno con sus visionarios ancestros europeos y sus antepasados isabelinos ingleses.

Y no acababa ahí, porque cuando regresamos a casa todo era así. Si tiras una pared tienes un escenario. Sería como la casa de muñecas que solo tenía tres muros, y podías colocar la habitación sin problema; una cama ahí junto a la ventana en lugar de metida en el rincón junto a la pared; Mamá estaba sentada al piano y seguía siendo Mamá, pero también era la madre de la pequeña Eva y si venía el tío Fred y cantaba *Last night there were four Marys,*[4] como hacía cuando Mamalie se lo pedía, entonces sería el padre de la pequeña Eva.

Papá no cantaba, por supuesto, y no cambiaríamos a nuestro padre por nadie y tío Fred de todos modos era nuestro tío, pero es lo que hay.

Si Mamá se sienta al piano y toca *Moonlight,* la habitación es la misma y siempre está esa diferencia que marca *Moonlight* cuando la toca Mamá, pero había otra diferencia. Había alguien más que era yo misma y a la vez era la hija de la mujer que tocaba el piano; entonces yo sería la pequeña Eva y tendría un tío Tom que no era realmente mi tío, pero le llamaban así. Se llamaba obra de teatro, era la primera obra de teatro a la que fuimos. Pero interpretar y jugar eran lo mismo, podías jugar sin problema. Podías poner el sofá que era demasiado pesado para empujarlo al otro lado de la sala y podías ver cómo la sala tenía solo tres lados y podías cruzar la habitación y sacudir la cabeza y decir: «Ay, qué calor, esto pesa mucho», y podías empujarlo con cuidado hacia un lado cuan-

4. *(N. de la T.) The Four Marys,* también conocida como *Mary Hamilton* o *The Fower Maries,* es una conocida balada escocesa del siglo XVII basada al parecer en un incidente ficticio sobre una dama de compañía de una reina de Escocia.

do te sentabas en una silla; aunque nadie podía ver que tenías el pelo corto, en el mejor de los casos, peinado en una apocada cola de pato sobre la nuca, y aun así podías sacudir la cabeza llena de rizos de oro.

Era el mismo oro que tenía la princesa, que tenía siete o nueve hermanos, y yo tenía hermanos que sumaban más si contaba a los primos. Entonces, yo era así. Pero nadie lo sabía. Todo era igual, pero todo era diferente. Podías pensar en ello en la cama. Entonces las casas de todo el mundo estaban abiertas por un lado y podías ver todo lo que ocurría. La familia Williams del otro lado de la calle estaba en la cama, al menos casi todos, pero podían haber permitido a Olive que se quedara levantada y ayudara el profesor Williams a guardar las piedras que tenía en cajitas para sus estudiantes de la universidad.

No quiero pensar en la universidad ni en los estudiantes sino en la familia Williams del otro lado de la calle, y Papalie y Mamalie sentados en su cuarto de estar, e Ida en la cocina. No le dije nada a Gilbert, y me reí cuando él se rio de lo divertido que había sido cuando los sabuesos no persiguieron a Eliza, sino que se quedaron olisqueando las candilejas. Las candilejas lanzaban sombras nuevas, de modo que los rostros eran distintos. Ahora podía ver que sus rostros eran diferentes bajo la lámpara del salón, así que Mamá dijo:

—¿Qué ocurre, Hermana? ¿Por qué no te comes la cena?

La cena estaba sobre la mesa. La lámpara sobre el aparador. Las puertas se abrían en el pequeño vestíbulo que llevaba a la cocina y cada vez que la puerta se abría y entraba Ida, podías ver que toda la sala era diferente. Estaba la puerta que llevaba a los escalones que dan a la calle, que llamábamos la puerta lateral; ahora estaba cerrada. Estaba la puerta que daba a la sala de estar. Podía entrar alguien, como ocurría, quizá el tío Hartley con un periódico o la tía Jennie con un cesto o incluso Mamalie con un plato y una servilleta encima: «Sé que a Charles le gusta mi tarta de manzana», decía y Mamá cogía el plato y decía: «Ay, Mimmie, nos malcrías», y decía: «Siéntate, Mimmie», y Mamalie decía: «¡Pero Francis (ese era Papalie) está esperando su cena!».

En cualquier momento, alguien podía atravesar la puerta de la calle o la puerta cerrada de la sala de estar y ver cómo decíamos las cosas, cómo Mamá iba a decir sí o sí: «Ay, Mimmie nos malcrías», y Papá miraría y se levantaría para traer una silla para Mamalie y entonces ella se escabulliría; es una mujer muy pequeña; de hecho, pronto, Gilbert sería tan alto como ella. Podías ver lo bonita que era Mamalie con su gorro de encaje.

Mamá fue a ver a una pitonisa. No recuerdo cuándo fue la primera vez que me lo contó, pero recuerdo el extraño hueco en la conciencia, un cierto vacío ahí, que pronto llené con mi filosofía o lógica infante, cuando dijo :«Es curioso, la pitonisa me dijo que tendría un hijo con algún don especial».

Fue aquello lo que se me quedó grabado. Ninguno de nosotros tenía el don, como si les hubiéramos fallado de algún modo. No puedo decir por qué nos importaba, o quizás a los otros no les importaba. Pero debería haber nacido un niño con el don. ¿Cómo podía saber yo que esta aparente decepción de que sus hijos no tuvieran «el don» era en sí misma la sensación que ella tenía de incompetencia y frustración, llevada un paso más allá?

Mamá me contó que oyó una voz fuera de una de las aulas vacías.

—¿Qué voz, mamá?

—Ah, solo era Papá, solo era Papá; él dijo: «¿Quién está haciendo ese ruido horrible?».

—¿Quién era?

—Bueno, yo estaba sola, me dejé llevar, estaba sola, estaba escondida, estaba cantando.

—Ah, ya veo... ¿Papalie no lo sabía?

—Pues no sé, no creo que tuviera intención de herirme, no, sé que no quería herirme.

—Quizás había otra persona haciendo ruido en otra aula.

—No, o quizá sí, pero, de todos modos, me hirió tanto que ya nunca canto, ni siquiera en la iglesia.

Así que Mamá no volvió a cantar nunca más, aunque su voz cuando hablaba tenía una cualidad extraña; era baja, rica y vibrante. Aun así, no pudo ser solo eso lo que hizo que Mamá dejase de cantar, debía de haber algo más. En cualquier caso, eso me contó ella, y me contó que fue a ver a una pitonisa.

Mamá no me contó que el Estudiante Español salió en la adivinación, pero sí me hablo del Estudiante Español. Veo al Estudiante Español, así en mayúsculas, como una obra o una ópera. Quizás era una obra o una ópera para Mamá, algo que podría haber ocurrido, que no ocurrió, en la que ella interpretaba un papel pequeño, en la que podía haber interpretado el papel principal.

Me habló de Madame Rinaldo que había dado clases de canto en el seminario y que había sido cantante de ópera, y las tías a menudo hablaban de ella, y aún teníamos algunas de las cosas que Madame Rinaldo le había dejado a Mamá: una corona, brazaletes, utilería, velos y vestidos en un viejo baúl en el ático. Mencionó a Madame Rinaldo pero Mamá nunca dijo que se imaginara a sí misma con la corona y los brazaletes de Madame Rinaldo, aunque a menudo yo me los probaba y deseaba ser lo suficientemente grande para que me valiesen y, como Mamá, fingía cantar cuando no había nadie alrededor.

El Estudiante Español era de Sudamérica, estaba en la universidad.

Mamá dijo:

—Había un Estudiante Español en la universidad... Él... bueno, él pensó que me tenía mucho aprecio. Yo lo lamenté después.

¿Qué es lo que lamentaba? ¿Lamentaba que se hubiera marchado o no haberse ido con él, o qué?

—¿A qué te refieres con que lo lamentaste después?

—Me refiero —dijo—, a que me dejé llevar, o casi me dejé llevar... Es decir, era un desconocido, era del sur, él no comprendía... Quiero decir, nunca le dije nada a Papá, después lo lamenté.

Esperé a que contara más.

Dijo:

—Se fue.

Madame Rinaldo murió y le dejó a Mamá sus cosas de la ópera, el Estudiante Español se fue, Mamá conoció a Papá en el seminario en las clases de lectura de alemán que había para gente más mayor por la noche. Mamá dijo que la pitonisa era exactamente igual que aquella gente, que resulta que te dice esto o te dice lo otro. Me preguntaba qué dijo en realidad. Pero Mamá me contó que la pitonisa le había dicho que tendría un niño con un don.

—Ya sabes cómo son estas pitonisas —dijo Mamá—. Por supuesto, a Papá nunca se lo dijimos.

# CAPÍTULO 2
# EL SUEÑO

EL PERRO ahora es un mito, y por eso aparece en sueños, inconfundible y de la forma más satisfactoria. Se regodea en los bancos de nieve, tiene las orejas como los mitones tejidos con esa tira larga que pasa por las mangas de nuestros abrigos de invierno; lleva, por supuesto, el barril atado al collar, y cuando echo los brazos alrededor de su cuello (es más grande que un poni pequeño) siento un éxtasis de felicidad. La nieve nos devuelve lo que un anestésico nos pudo dar alguna vez.

La mitología es actualidad, tal y como sabemos ahora. El perro con su pelaje marrón dorado, su gran collar y el barril, por supuesto no es otro que nuestro viejo amigo Amón-Ra, cuya avenida de esfinges con cuernos corre por la arena desde el antiguo desembarcadero de las gabarras del Nilo hasta los anchos portales del templo de Karnak. Es Amón, o es *Amén, por los siglos de los siglos*. Quiero que sepas que es tan normal como la litografía barata que se solía colgar en los cuartos infantiles; es incluso tan normal como las hojas de anuncios de colores, que llevan su efigie, clavadas en los postes de telégrafo que uno pasaba, antiguamente, a lo largo de las cuencas altas del Bernese Oberland. Lo ves en una postal en una ventana a lo largo del lago Lucerna. Hay un monje de pie a su lado; podemos susurrar San Bernardo. O, dependiendo de qué línea o poste telegráfico concreto toque nuestro cable de contacto particular con las verdades eternas, puede que recordemos a nuestro propio perro o al de un amigo, o puede que sepamos que hemos visto, en carne y hueso, el león de san Marcos o el león de san Jerónimo, o puede que reconozcamos nuestra indiscutible herencia, Amón, *Amén* desde tiempo inmemorial, más tarde Aries, nuestro vellocino de oro.

Nuestro vellocino, no obstante, no tenía vellón dorado, su vellón provenía del armarito de las medicinas de Mamalie. Se arrancaba en mechones de un rollo de algodón para vendajes o para rellenar almohadas o para ponerlo en las orejas con un poco de aceite o para el relleno de una colcha nueva para la casa de muñecas. ¿Algodón? ¿Venía de una planta que crecía en el Sur o venía de una oveja? No creo que lo supiéramos o lo preguntásemos; había temas más importantes en juego, preguntas más importantes que no se planteaban estaban siendo contestadas.

Pronto sería de nuevo Navidad, porque Papalie tenía una gran pella de arcilla sobre su mesa, el microscopio estaba guardado en lo alto de la estantería, y dejó a un lado la bandeja de plumas para la tinta roja y verde y negra y dijo: «Elizabeth» (esa era Mamalie), «échale un ojo a estos frascos de tinta». No había ni la más mínima sugerencia de que ninguno de nosotros fuese a tocar los frascos de tinta, en su voz no había nada de eso. Quería la habitación para la pella de arcilla que estaba envuelta en un trapo húmedo y la lana de algodón y el rollo de alambre fino y las cerillas.

Os preguntaréis qué ceremonia oculta y misteriosa requiere de la lana de algodón del armarito de las medicinas de Mamalie, un ovillo de alambre y las tijeras de podar cuyo lugar no era su escritorio, cerillas, una pella de arcilla. Puede que os preguntéis por el misterio de esta casa, el silencio en esta habitación; puede que observéis la fila de niños sobre el sofá de pelo de caballo y la placa con las mariposas montadas, o el pequeño caimán, que está barnizado y parece un lagarto grande y cuyo nombre es Cástor o cuyo nombre es Pólux, los niños no distinguen uno del otro pues nadie ha sabido responder a esa pregunta.

Cástor y Pólux son, como sabréis, estrellas que brillan en el cielo, pero, aunque dos o tres de los niños sentados en este sofá observan a su padre salir de casa en las noches claras para ir a mirar las estrellas en su pequeño observatorio al otro lado del puente en lo alto de la montaña, estos Cástor y Pólux no son griegos, no son estrellas del cielo, no son siquiera un mito de un libro de hadas posterior, para más mayores llamado *Cuentos de Tanglewood.*[1]

No han leído aún *Cuentos de Tanglewood*. Ida les lee Grimm a algunos de ellos por la noche cuando se acuestan, temporalmente tres en fila en la misma cama.

Cástor y Pólux son dos caimanes; uno está muerto, fiel al mito griego que después de todo proviene de la capa egipcia más antigua de pensamiento y sueño. Cástor está, podríamos decir, hibernando en el ático dentro de su tanque tras la red de alambre. Pólux, podríamos decir, está montado sobre un tablero ovalado de hermoso barnizado, un talismán, una mascota, una imagen, un ídolo incluso. Los hombres adoraban a los cocodrilos en los días en los que las mentes de los hombres no estaban más desarrolladas que las mentes de esta fila de niños.

Papalie los guía en su salida de Egipto, pero ellos no lo saben. Los lleva hacia la Tierra Prometida que está justo al doblar la esquina, a solo unas semanas o unos días, pues esto es parte de la Navidad. Os preguntaréis qué tienen que ver una pella de arcilla y unas cerillas con la Navidad, pero si eres un extranjero en nuestro pueblo, te lo dirán si esperas callado en la otra habitación bajo el retrato de Jedediah Weiss, que es el padre de Mamalie, que está muerto. Si perteneces al pueblo, lo sabrás todo sobre la Navidad. Me refiero a la Navidad de verdad, con

1. *(N. de la T.) Cuentos de Tanglewood (Tanglewood Tales for Boys and Girls)* es una colección de cuentos de Nathaniel Hawthorne publicada en 1853 que incluye diversos relatos mitológicos.

un *putz* [2] bajo el árbol. Si eres de fuera dirás: «Qué extraña palabra, vaya, no entiendo», y Mamalie dirá: «Oh, es alemán, pero nunca encontramos otra palabra para ello». Si estás bien informado puede que digas: «Supongo que deriva de algo». *«Putz-en»*, dirá Mamalie, «decorar o adornar».

Es parte del árbol, la parte más importante, piensan los niños. «Creo que», dice Tootie, «sí, creo que el *putz* es lo que pones sobre el *puzgo*» y todos ríen, porque Tootie es muy rápido y listo, dicen, no como los hijos del profesor que son tan callados, pero los hijos del profesor a veces hablan. Gilbert, el mayor, que tiene dos años más que Hilda, habla bastante y hace bromas. Una vez, caminando por las montañas con Papalie, vio una cabra vieja que pertenecía a la gente de las chabolas, como les llamaban, detrás de los molinos.

—Mira, Papalie —dijo—, mira esa cabra, se parece a ti, Papalie.

Todo el mundo contaba esa historia a menudo; Gilbert estaba harto de ella. Había dicho aquello cuando era solo un crío, más pequeño incluso que Tootie, que ahora decía cosas que pensaban que eran rápidas e ingeniosas y adorables. Papalie volvió y les contó la historia. Hilda, que es la única chica, sentada entre Gilbert y Tootie, pensó largo rato en ello.

—¿Se parecía a una cabra, Mamalie?

Mamalie se rio y contestó:

—Era solo por la barba blanca y quizás la forma en la que el pelo se le rizaba encima de las orejas.

El pelo de Papalie no es como los cuernos de las cabras, pero si lo miras y lo remiras quizá se parece a una cabra. Hilda nunca pensó que eso fuese tan divertido, aunque siempre se reían y seguían contándolo, aunque ahora Tootie decía cosas graciosas como: «*Putz* es donde pones cosas sobre el *puzgo*».

---

2. *(N. de la T.)* El *putz* es una representación de la historia de la Natividad, el equivalente a nuestro belén. Los moravos llevaron la tradición del *putz* a Pennsylvania desde Sajonia en el siglo XVIII. En los Estados Unidos era una costumbre exclusivamente morava hasta que se extendió, de la mano de los moravos, a otros lugares (Filadelfia el primero) en la segunda mitad del XIX.

Lo que hizo fue tomar su abrecartas de marfil y cortar un borde de la pella de arcilla. La arcilla estaba sobre el trapo húmedo, como la masa que Ida amasaba en nuestra cocina. Dobló los extremos del paño alrededor de la arcilla. Tomó la arcilla en sus manos y la hizo rodar, como Ida cuando hace un bollo. Tiraba de un extremo y sabías perfectamente que no se parecería a una oveja. Pero cuando le hacía dos puntitos en la cara y dibujaba una línea como boca con el mango de la pluma, sabías exactamente lo que era; eran ojos y boca de oveja, aunque no lo parecía hasta que había terminado varias y las dejaba a un lado para que se secaran.

Después, pintaba los ojos con tinta negra y dibujaba una delgada línea con tinta roja para la boca. Hacía lo siguiente: ponía varias ovejas en una fila, como Ida hacía con los bollos sobre la mesa de la cocina.

Formaba bolitas de algodón y las pegaba sobre las ovejas. Pero primero les ponía las patas, que para eso eran las cerillas, y los extremos quemados de las cerillas eran las pezuñas de las ovejas. También hacía ovejas pequeñas, eran los corderos, y al final, hacía una oveja grande. Este era el momento especial. Cortaba trozos de alambre de la bobina pequeña de alambre, lo retorcía para darle forma y pegaba los cuernos de alambre. Todo ese tiempo, nosotros estábamos sentados en el sofá. Las ovejas se erguían sobre sus patas de cerillas, pero no les ponía la cara hasta que estaban bastante secas.

También tenía trocitos en punta de papel duro que había pintado de rojo para las orejas. Eso es lo que hacía. Después, antes de irnos a la cama, cuando éramos un poco más mayores, digamos, dos años más mayores, Mamá bajaba las cajas viejas de las cosas del árbol de Navidad del ático y las abríamos sobre la mesa del comedor. Desde su interior de tisú descolorido y arrugado en el que estaba envuelta una bola de cristal, llegaba una especie de susurro, una pizca de agujas pequeñas de pino secas que caían sobre la mesa, del árbol del año anterior.

Desenvolvíamos con cuidado las bolas, sin recordar, o casi sin recordar, nada de lo que había ocurrido la Navidad anterior, salvo que sería imposible, aunque quisieras, esconder bajo la alfombra «aquello» que evocaban las agujas de pino caídas sobre la mesa; era el momento en que comenzaba a ocurrir, cuando de hecho había ocurrido; no era el momento exacto en que las cajas se ponían sobre la mesa, ni siquiera el momento en que Mamá desataba el trozo ajado de lazo rojo que ataba la caja de cartón lisa y golpeada que tenía compartimentos individuales para cada bola de cristal. Los compartimentos no estaban llenos, pues siempre se rompía alguna bola, pero íbamos al almacén de baratillo y comprábamos más bolas, algo más de adorno de plata o dorado, como lo llamábamos, aunque todo era adornos.

Sobre la mesa, hacíamos montones separados con las cosas; las bolas de vidrio en su caja abierta ya fueron examinadas, como los juguetes en un hospital de juguetes. Era este el momento especial cuando Mamá decía: «Veamos si podemos encontrar el cabo de una vela vieja entre las cornucopias de papel, Hermana», que «aquello» empezaba.

«Aquello» no podía empezar si no había uno o varios cabos de velas de cera de abeja casi consumidas del año anterior. Quien quiera que desmontara los adornos del árbol nunca se olvidaba de los cabos de vela. Tenían que ser velas de cera de abeja, las velas especiales que usaban los niños en la misa de Nochebuena; las cajas de velas rojas y rosas y azules y verdes del almacén de baratillo podían verse todo el año, en casa o en cualquier sitio, o sobre la tarta de cumpleaños de cualquiera.

Pero este era otro tipo de cumpleaños; era, por supuesto, exactamente, el cumpleaños del Niño del pesebre, en cuyo honor habíamos colocado las ovejas sobre el musgo, aunque era algo más, algo indefinible y profundamente personal, algo que nuestra percepción reconocía, aunque nuestro pensamiento aún no relacionaba a nuestro Niño con el otro Niño Sagrado, sus predecesores raciales o espirituales o mitológicos. Colocábamos las ovejas sobre el musgo, pero no pensábamos en Amón-Ra o en el vellocino de oro, ni en Abraham e Isaac. Nosotros mismos recolectábamos el musgo, en nuestras expediciones a la montaña, o el tío Hartley o el tío Bob inventaban una excusa para recoger el musgo por nosotros.

—Helen, han arrancado todo el musgo grueso de las rocas en varios kilómetros a la redonda, está demasiado lejos para los niños.

Si era un diciembre con nieve, las tías y los tíos podían alquilar un trineo y salir juntos y regresar, gritando y riendo, con ramos de laurel de montaña. *Abetos y pinos y rama de laurel, entrelazamos en coronas para darte la bienvenida*.

No se trataba solo de un Niño pequeño en un pesebre, en un establo, en un pueblo que tenía el mismo nombre que el nuestro. No era solo aquellos Reyes Magos de madera que la tía Millie colocaba en su *putz* o la estrella ubicada sobre la rama más alta del árbol. No era solo el aroma del musgo, no era solo el olor de la masa especiada de jengibre que reposaba bajo un trapo en el gran cuenco amarillo sobre la balda de la despensa, y, a la vez, sí que era todo eso; era todo eso y la forma de los pasteles navideños, el león, el oso, la mujer sin brazos, como la señora Noé, la hoja de roble, el círculo redondo que llamábamos luna, la estrella real, los otros animales.

«Aquello» era que estábamos creando. Estábamos «haciendo» un campo bajo el árbol para las ovejas. Estábamos «haciendo» un bosque para los alces, con trocitos de una rama de pino rota. Nosotros mismos «hacíamos» los pasteles de Navidad. Cuando presionábamos el molde de hojalata del león o de la mujer sobre la masa blanda, éramos como Dios en la primera imagen de la biblia de Doré que, del caos, creó Leo o Virgo para que brillaran siempre en los cielos. «Nosotros» éramos así, aunque no lo sabíamos. Nuestra percepción se daba cuenta, aunque nuestras mentes no podían definirlo. Dios había creado al Niño, y nosotros, niños, a cambio creábamos a Dios; lo creábamos como Él nos había creado a nosotros, lo creábamos a Él como harían los niños, con trastos y abalorios; como las urracas, construimos un nido para Él con trocitos perdidos de hilo plateado, con cachitos de papel azul o rosa o amarillo; conocíamos nuestro poder. ¡Sabíamos que Dios no podría resistirse a la fragancia de una vela de cera de abejas encendida!

Estaban los pinchacitos de las agujas de pino bajo la cuerda que sujetaba las ramas. El árbol estaba de pie en el porche trasero, con una cuerda alrededor para que se quedara delgado y tieso; en este momento, las mismísimas costillas y el diafragma de un niño se cambiarían por un año entero con aquella respiración profunda mientras Ida o Mamá o incluso el nuevo jardinero cortaban la gruesa cuerda que sujetaba las extremidades; miembros vivos atados y acalambrados en su jaula de cuerda.

Era aquella inhalación real de aire (y la casi insoportable felicidad de la espiración que se acercaba al éxtasis) cuando la cuerda caía sobre el piso y a nadie le importaba, nadie se agachaba a recogerla, aunque después Ida podía llamar a través de las puertas batientes desde el comedor:

—¿Podríais alguno de los niños deshacerme estos nudos, es una buena cuerda, y ponerla en el cajón de la cocina?

No; no le desharemos los nudos. Tenemos otras cosas que hacer, estamos ocupados. Mamá ha comprado un nuevo bote de cola.

—Desenrosca la tapa, Gilbert, por favor. Hay una brocha también, ¿dónde la he puesto? Harold, corre a la cocina y llena un vaso de agua. ¿Dónde están mis tijeras? ¡Qué de agujas viejas este año! (Tened cuidado). Así, esparcidlas así por encima. Extendía un trozo de papel marrón de envolver. Pondremos todos los restos aquí. Ese espumillón está bastante triste, pero quizás podamos usarlo una vez más en la parte de atrás del árbol, para rellenar. A ver si encuentras la parte de arriba de esta bola entre los papeles, Hermana, si no, puedes ponerle un trozo de cera para clavarle el gancho, ya sabes cómo. Aquí está...

Y encontraba por fin el pequeño cabo de vela.

Todavía hay un borde deshilachado del papel rojo original alrededor de la base, pegado a la cera.

—Me pregunto de quién sería esta vela. ¿Tuviste una vela verde o roja el año pasado?

Hilda no se acordaba. El año pasado estaba muy muy lejos. El año pasado, justo después de Navidad, se mudaron desde el pueblo viejo y la casa vieja a esta casa nueva y grande que se construyó junto con la nueva casa de tránsito y el nuevo observatorio que aún no estaba acabado, para Papá, cuando le pidieron que viniera a la universidad en Filadelfia. Filadelfia está muy lejos también, Papá va a enseñar a sus estudiantes en las aulas de allí. Papá ahora está fuera, en su casa de tránsito; puede llegar en cualquier momento con sus botas altas y su gorra de piel, como el ruso del cuadro ese que tenían en la Casa de la Viuda del que decía Mamá que ella y la tía Laura se inventaban historias.

*Zeisberger* [3] *predicando a los indios*, está colgado en la sala de estar; *Washington en Mount Vernon* está en el vestíbulo; el mismo reloj que el abuelo de Mamalie fabricó hace tic-tac en la entrada. Es un reloj de abuelo, el abuelo de Mamalie lo fabricó.

Todo estaba igual, aunque en la gran marea de la mudanza todo era diferente. Qué divertido era mudarse.

—Papá se va a una universidad más grande; le están construyendo una casa de tránsito.

—¿Qué es una casa de tránsito?

—No lo sé, algo importante.

Se sentían alienados, pero importantes antes de marchar y el último árbol de Navidad no era como los demás, pero la razón... Papalie había muerto, había un nuevo bebé.

Estaba la tortura de la escuela, pero ese dolor también se veía mitigado; de todos modos, la señorita Helen se iba para casarse. Le dio a cada niño un retrato, una *cart-de-visite* como los llamaba tía Jennie; la razón del nombre, dijo tía Jennie, era que la fotografía no era más grande que una tarjeta de visita. Había tarjetas de visita de señoras de Filadelfia que venían a vernos. Había muchas tarjetas de visita sobre la bandeja de porcelana de Dresde de la mesa del vestíbulo.

*La feria del caballo* de Rosa Bonheur descansaba sobre un caballete en la sala. Había dos salas grandes con enormes puertas plegables; en la antigua casa había dos salas con puertas plegables. Plegábamos las puertas y clavábamos una hoja de papel para la linterna mágica o para jugar a ponerle la cola al burro. Hubo fiestas como aquella con los niños corriendo calle arriba y abajo; ahora los niños, los más cercanos, estaban

3. Misionero moravo.

a dos millas de distancia. La escuela era una escuela pública. «Los niños son demasiado pequeños», les explicaba Mamá a las chicas de la universidad, «para enviarlos ya al pueblo». La nueva escuela era horrible.

Había algo horrible en la escuela. Llevábamos el almuerzo en una cesta y no regresábamos hasta las cuatro. En la antigua escuela volvíamos a casa a mediodía para comer y no regresábamos a la escuela hasta las dos y después a casa a las cuatro. Eran horas de tortura, estaba demasiado lejos para caminar hasta casa a esa hora del mediodía y volver. Teníamos de las doce a la una para el almuerzo. Ahora el tiempo incluía un nuevo factor, el reloj de una escuela pública hace tic-tac de una forma distinta al reloj de la iglesia del pueblo. De eso no había duda. No había nada que hacer porque a Gilbert parecía no importarle y salía disparado a jugar al béisbol con otros chicos mayores, pero Harold estaba solo y no tenía niños con los que jugar.

Hilda sentía el dolor y la soledad de Harold, pero no podía traducirlos en palabras. Más tarde, aprendió a pasar esa hora saltando a la comba con las otras niñas, que venían de granjas lejanas y de la pequeña aldea. «No es que sean corrientes». No había palabras para expresarlo. Eran diferentes, eran más jóvenes de mente y razonamiento. «No se piense que voy a hacer distinciones con sus hijos», le dijo una de las profesoras a Mamá. Nadie nunca le había habblado así a Mamá. Vamos a una escuela pública; eso no es lo malo. No es que el aula huela diferente, es la forma en que el reloj hace tic-tac sobre la pared.

Ahora había sonidos. Era el crujido del papel al arrugarse cuando Mamá quitaba de en medio las piezas de la caja vieja; estaba el susurro de las viejas agujas de pino, pero era muy leve. Ida estaba abriendo la tapa de la estufa, echaba carbón del balde del carbón. Cerraba la puerta trasera. Fuera estaba oscuro. Había un gran arce delante de la casa; habían construido la casa justo ahí por los tres arces grandes. No había más árboles. El suelo había sido arado, había sido un campo de maíz. Habría un césped, pondrían el reloj de sol que ahora estaba en la habitación vacía en el ala que más tarde albergaría los libros de la universidad.

Esa ala estaba vacía. Había tres habitaciones arriba en esa ala, y un cuarto de baño adicional, y en la planta de abajo, la gran biblioteca vacía y el vestíbulo con la gran puerta batiente, como la llamábamos. Papá esperaba que allí viviera un ayudante, y quizás Eric también viniera. Eric y el señor Evans, a quien acabábamos de conocer, se mudarían más tarde a esa ala; entonces el ala estaría llena. Ahora el ala estaba vacía. Ida tenía una habitación grande encima de la cocina. También estaba Annie, pero Annie se quedaba arriba con el bebé.

Había una granja a lo lejos, campos y vacas en un establo. El viento soplaba entre las ramas del arce, e Ida había dejado en el suelo el balde del carbón. Harold había traído el vaso de agua para la brocha de la cola.

—Dámelo, Gilbert —dijo Mamá, pues Gilbert no había podido abrir la tapa del nuevo bote de cola.

Enseguida, quizás, vendría Papá con su barba y su gorro de piel y sus botas altas, quizás Mamá entonces nos enviaría a todos a la cama. Ese minuto tenía que durar para siempre. Duraría para siempre.

El reloj del vestíbulo contaba este minuto, de modo que este minuto pertenecía al reloj del vestíbulo, pertenecía a Mamalie y a Papalie, que estaba muerto. El reloj del vestíbulo daría la hora, pero, aunque diera la hora, no importaría. Mamá no nos mandó a la cama tan pronto. Mamá estaba desenroscando la tapa del nuevo bote de cola. Lo puso sobre la mesa y colocó la tapa pegajosa sobre el papel marrón. A nuestro alrededor estaba la mesa, las sillas del comedor, el aparador y la vitrina con platos que la tía Mary (que no era una tía de verdad) había pintado para la boda de Mamá, con campánulas, margaritas y rosas silvestres.

Las señoras de la universidad decían: «¿Pero no te da miedo, tan aislada, a millas de un médico?». Entonces bajaban la voz y susurraban tras las puertas plegables, casi podía oírse lo que decían. La puerta plegable podía estar cerrada, pero, incluso así, había una gran abertura; «anda, vete, Hilda» o «vete, Hermana», decía Mamá, y yo salía, quizás para pedirle a Ida que llevara el té en una bandeja. Allí era diferente. Las mujeres tenían que escucharlo todo una y otra vez, quizás incluso, alguna no había oído hablar de los moravos o del coro de Bach, u otras, como la señora Schelling, hablaban de Viena y de adónde habían ido.

Mamá había estado en Europa en su luna de miel; había fotografías. *El Toro* de Paul Potter estaba sobre el banco del vestíbulo que tenía una tapa y era en realidad una caja para nuestros leotardos y chanclos. *La Venus de Milo* estaba en la sala de estar, estaban esas dos salas y ahora aquí, el comedor. Había un vestíbulo estrecho con dos puertas batientes del comedor a la cocina. Había una gallina sobre el baúl al otro lado de la mesa. Asomaba por encima de la cabeza de Harold. Era una gallina blanca. Estaba sentada sobre una cesta de porcelana; si la cogías, veías que estaba hueca, el nido de porcelana era para los huevos cocidos. Mamalie también tenía una, la suya era gris con pintas. La gallina se sentaba sobre el baúl enfrente de la mesa. Era la misma gallina que se había sentado sobre el mismo baúl en el antiguo comedor.

La tía Jennie le trajo a Hilda unos bulbos de lirio oriental y le enseñó a plantarlos en un cuenco con agua y piedrecitas. Mamá le dijo a Hilda que podía dejarlos con el cuenco en el antiguo comedor, sobre el alféizar de la ventana. Esa era la ventana que daba al callejón al que llamaban *allée,* que en realidad no era un callejón sino una callejuela, pero tío Hartley decía que en realidad el nombre venía del francés y quizá le puso así el Marqués de Chastellux cuando vino a visitar el pueblo. El tío Hartley se mofaba de todas las cosas antiguas que, de todas formas, eran ciertas, decía tía Aggie.

Había otras dos ventanas en el antiguo comedor y una puerta que, a través de un vestíbulo como este, daba a la cocina, y otra puerta que llevaba a las escaleras traseras y desde ahí atravesaba la cocina. Había otras dos ventanas en el antiguo comedor, pero bastante oscuras porque daban al porche que estaba cubierto y, además, tenía la parra crecida.

Esta sala tiene cuatro ventanas, repartidas como las ventanas de una casa de muñecas. La mesa está en el medio. Hay tres puertas; una lleva al vestíbulo, una a la sala de estar y otra a la cocina. Hilda repasaba esto como un ritual en su cabeza, como si fuera necesario recordar la forma de la casa, cada habitación, la gallina sobre el aparador, los platos encerrados en la vitrina, antes de atreverse a posar la mirada de verdad sobre la mesa, sobre el montón enredado de oropel deslustrado, sobre la caja que había albergado las bolas de cristal, sobre la variada colección de estrellas doradas, cornucopias rojas, azules y rosas y cadenetas de papel rotas, que Mamá llamaba las cosas de papel; había también muñecos en ese lote, varios bebés en tronas de papel dorado, algunas bailarinas con enaguas blancas, cortas y apelmazadas, elevándose sobre un dedo del pie, y ángeles salpicados de nieve brillante que comenzaba a descascarillarse.

Ida preguntó si podía ir al piso de arriba, por si había algo, pero se quedó en la puerta. Llevaba puesto su mandil azul de cocina. Entró y la puerta batió detrás de ella. Observó las cosas sobre la mesa. Dijo: «¿Puedo llevarme el bebé a mi habitación?». Quería el bebé en su habitación. A mí me hubiera gustado tener el bebé en mi habitación, pero yo no le gustaba mucho. Mamá dijo: «Déjalo en la cuna si está dormido». Ida podría despertarlo, sí, ¿por qué no se lo llevaba a su habitación? ¿Sobre qué susurraban las señoras de Filadelfia? La casa estaba muy silenciosa. El reloj del vestíbulo hacía tic-tac (podías oírlo, aunque no te parases a escuchar). Se oían unos arañazos en la entrada, podía ser Papá que entraba... o podía ser, ¿qué pensaban las señoras de Filadelfia que podía ocurrir?

No estábamos solos, estaba Mamá, estaba Ida, estaba Annie con el bebé en la planta de arriba. La planta de arriba parecía bastante lejana. En la otra casa, el reloj estaba en lo alto de las escaleras y las escaleras subían rectas; aquí giraban en un descansillo y no podías deslizarte barandilla abajo. Sobre la pared de la escalera había algunas de las fotos de Venecia; también había una mujer, tumbada en el suelo con un gran libro abierto y una calavera (como la calavera india de la estantería de Papá); era alguien de la Biblia, María-no-se-qué, en una cueva con el pelo largo.

Cogíamos algunas piedras pequeñas del arroyo que corría en el pequeño valle que había varios prados más abajo de la casa, para la cueva del *putz*. Ida había encontrado otra caja en el suelo; dijo «Habéis olvidado una caja en el suelo». Gilbert dijo: «No, la he dejado yo ahí». Ida levantó la caja del suelo, nadie la había olvidado, era una caja pesada de cartón atada con una cuerda. Era la más importante. Era la caja con los animales y la cabaña pequeña y la valla de madera que se doblaba y que rodearía el borde del musgo y haría de prado para que pastaran las ovejas. Ida dijo: «¿Dónde están las tijeras?», y cortó la cuerda de la caja.

Había un cuadro de Pandora y su caja en los *Cuentos de Tanglewood* que nos leía la señorita Helen los viernes por la tarde si nos portábamos bien, en lugar de la lección. Pandora dejó salir todas las cosas malas de la caja, pero quedaba una cosa buena; la señorita Helen nos explicó que era un mito. La cosa buena que quedaba era la esperanza.

Todo se volvería malo en la caja, pero quedaba la esperanza, después de que todo lo malo saliera.

Sabíamos lo que había en esta caja, era una caja de cartón normal, una grande de papel marrón muy duro. Ida empezó a enrollar la cuerda como ella hacía, entonces llegó a los nudos y miró la cuerda. La dejó sobre el papel marrón extendido para los recortes. No era el momento de sacar los animales, primero hacíamos las cosas del árbol de Navidad, pero ahora Gilbert tiraba con brusquedad de la tapa de la caja que no era como una tapa, sino como una caja que se metía en otra caja. Se atascó y Gilbert tiró.

Ida le dijo a Gilbert: «Sujeta la caja». Metió los dedos por los bordes y empujó hacia arriba la tapa; se quedó como una caja encima de una caja, y la cabeza de Gilbert por encima era como un muñeco sorpresa cuando salta el alambre de su seguro en un muñeco sorpresa.

Jack y Jill subieron la colina.[4] *Gil Blas* era el nombre de un libro que tenía el tío Hartley, pero Gil era un hombre, y no Jack. «Es decir, si yo soy Jill en el dibujo, como jugábamos cuando éramos niños», pensaba Hilda, «entonces yo sería Gil que es como el apócope de Gilbert, pero nunca le llamamos Gil, sino Gib, a veces». Él lo hacía todo primero, se

---

4. *(N. de la T.)* Referencia a una canción infantil.

inventaba juegos para las cosas cuando éramos niños, me llamaba Deetie, la gente me llama Deetie a veces, era el nombre de Gilbert para Hermana, explicaba a veces Mamá, y la gente se reía. Hermana o Deetie y otros nombres, pero si yo fuese Jill, sería Gil, seríamos «gemelos». Estaban los dos caimanes de Papalie que eran gemelos; se llamaban Cástor y Pólux.

Cástor y Pólux, nos había contado Eric, eran en realidad estrellas del cielo. Ida dijo: «Ten cuidado, no tires», y retiró las manos de Gilbert. Harold se bajó de la silla y se quedó de pie mirando. Mamá dijo: «¿Eres tú, Charles?», cuando la puerta principal se abrió y se cerró y Papá cruzó el vestíbulo con sus botas; dijo: «*Töcterlein*»[5] sin mirar a Mamá. Papá no es moravo, no va a la iglesia, conoció a Mamá en clase de alemán en el viejo seminario donde el abuelo era director. Yo me levanté y tomé a Papá de la mano. Es a mí a quien llama *Töcterlein,* aunque es una palabra alemana y Papá no es alemán. En realidad, no eran del todo alemanes, Mamá les explicaba a las señoras de la universidad, provenían de Moravia y Bohemia e Inglaterra, aunque también había alemanes y daneses en la hermandad que llegó a América desde Herrnhut, adonde fueron desde Moravia cuando el conde Zinzendorf les ayudó a llegar hasta América.

Algunas de las mujeres ancianas del pueblo de antes no sabían hablar inglés muy bien y Papalie tenía algunos libros alemanes, pero Papá también tenía libros alemanes sobre las estrellas. Gilbert interrumpió, tirando de la tapa de la caja, y ahora quizá Mamá no cortaría el papel dorado para hacer nuevas estrellas. Pegamos el papel dorado sobre cartón recortado, por ambos lados, y colgamos las estrellas del árbol con un trocito de alambre doblado o con hilo dorado que pasábamos con una aguja de zurcir.

Las agujas estaban sobre la mesa, todo el costurero de Mamá estaba sobre la mesa. Hay una fresa de cera para el hilo y una fresa alfiletero con polvo de esmeril para afilar las agujas y quitarles el óxido. Todas estas cosas están sobre la mesa e Ida todavía está aquí y se va a hacer tarde. El reloj

5. *(N. de la T.)* Hija.

dará la hora. Papá querrá su cena tardía, quizás la quiera ahora. «Voy a salir de nuevo», dijo Papá, como si supiera lo que yo estaba pensando, pero miró la mesa, como si llegara de otro mundo, de otro país; era un ruso, el gorro de piel en la otra mano, era un explorador, había trabajado en la frontera norte antes de llegar a la Universidad de Lehigh en Bethlehem.

Lo que ocurría es que Mamá tenía al tío Fred y al tío Hartley y a la tía Laura y a la tía Aggie y a Mamalie y la vieja escuela y al primo Ed y en realidad a todo el mundo del pueblo de antes. Tenía a Gilbert y al nuevo bebé del piso de arriba. Tenía a Harold.

Ida y Annie pertenecían a la casa y la cocina y el bebé.

Lo que Papá tenía ahora era la casa de tránsito y sus clases en la universidad y gente que venía a verle por los nuevos instrumentos y reporteros de los periódicos. Lo que Papá tenía estaba fuera, el viejo observatorio de la colina, el paseo a través del puente por la noche, «como un ladrón o un astrónomo», como él decía. Lo que él tenía eran las enormes estanterías encastradas aquí y en el estudio antiguo, las mismas, pero con tiras de piel adornada con tachuelas de cabeza de latón a lo largo de cada estante. Estaba el olor de la piel; sus guantes viejos con los dedos cortados para poder manejar todos aquellos tornillos tan importantes de sus instrumentos.

Tenía un cepillo en el rincón de su casa de tránsito que en realidad era una casita con ventanas y contraventanas que abrían todo el techo. La nieve se colaba y él tenía el cepillo para barrer la nieve fuera de su casa. Es que él era un explorador, un descubridor. Fuera hacía frío. Salió en medio de la noche de nuevo; se tumbaría en el sofá de su estudio o dormiría por la tarde. Él estaba fuera, estaba fuera de todo, ¿dónde estaba? Si venía, todo era diferente, era frío, tenía la mano fría. Tenía los dedos largos. Mi mano era pequeña en su mano. «Tienes las manos como tu padre», solían decir. Él decía que su única chica valía igual que sus cinco varones juntos. No debería decir eso. Suponía una enorme responsabilidad, cinco veces más grande de lo que debiera ser.

Decían: «Es callada como su padre». Decían: «Es curioso que los niños no tengan ningún don con un padre tan brillante».

¿Qué era ese don? Se lo llevaba fuera, en ocasiones varias veces en una noche cuando ya estábamos todos acostados. Tenía un farol como un capitán de barco. Tenía termómetros, tenía prismas de vidrio en su nueva casa de tránsito con los que el señor Evans venía a trabajar; hacían arcoíris diferentes de estrellas diferentes. El señor Evans nos lo contó, la vez que vino. Dijo que quería trabajar con los nuevos instrumentos porque las estrellas eran soles, ¿sabíamos eso?

¿Qué ocurriría ahora? Él no formaba parte de esto, aunque lo respetaba, ¿le interesaba de verdad?

Nunca había tenido un árbol de Navidad cuando era niño.

Estaba Alvin, que lo mataron o se murió de fiebres tifoideas en la Guerra Civil, estaba Papá, estaba la tía Rosa, estaba Mercy. Mercy murió cuando era muy pequeña. Yo me agarré a la mano de Papá. Lo que ocurría es que estaba Mercy, me contó que Mercy había hecho una muestra de costura, Mercy había leído la Biblia antes de cumplir cinco años... ¿Era eso posible? Mercy había preguntado si podía darle un plato de leche al gatito que iba ser ahogado antes de ser ahogado. Eso es todo, absolutamente todo, lo que supe sobre Mercy.

Él dijo: «Mercy», y soltó una risita relinchante como un caballo, «dio de comer al gatito un plato de leche antes de que lo ahogaran».

¿Dónde estaba la muestra? ¿Tenía tía Rosa la muestra? La tía Rosa era muy callada, ella y el tío John habían sido misioneros. Unas Navidades nos observó adornar el árbol y no pareció comprender; es decir, no nos ayudó, como si no supiera cómo adornar un árbol de Navidad.

Nadie parecía pertenecer a Papá cuando entró del frío, aunque Mamá levantó la vista e Ida dijo: «¿Querrá el profesor su cena ahora o más tarde?». Todo giraba en torno a él; Mamá estaba barriendo los trocitos de papel dorado, perecía estar pensando en otra cosa. Harold se quedó de pie mirando, Gilbert ya no gritaba. Era como si él trajera a la casa la noche y el frío y cuando se reía, no era como el tío Fred o el tío

Hartley, era como el ronquido que hace el caballo. «¿De veras se congela la barba del profesor cuando está con su instrumento?», preguntaban las señoras de la universidad. A veces les resultaba muy divertido, otras veces se ponían serias y decían: «Cuánta dedicación», o algo parecido.

Sí, era cierto, debía de pasar frío ahí fuera solo, con la nieve metiéndose en la casa de tránsito. ¿Quién lo entendía? ¿Quién entendía lo que estaba haciendo? Mamá no. «Soy incapaz de entender el trabajo de mi marido», les decía a las señoras, «no voy a fingir».

Papá no nos contaba lo que estaba haciendo. El señor Evans parecía muy sorprendido de que no supiésemos nada acerca de ello.

—Vuestro padre está haciendo un trabajo muy importante, supongo que os lo habrá explicado, sobre la variación de la latitud —dijo.

No nos atrevimos a preguntarle al señor Evans qué era aquello. Algún día se lo preguntaría a Papá. No quería saberlo en realidad. Lo que pasaba es que él estaba separado, no era en realidad parte de esta mesa con las bolas de vidrio, con el papel de espumillón, con el costurero, con el bote de cola, con las piñas viejas y doradas que Mamá decía que podía repintar con un dorado nuevo que conseguiría cuando fuese a comprar a Filadelfia.

Pero de nuevo, en Navidades, nos había llevado con él, como si lo que hacía tuviese que ser distinto.

—Quiero llevarme a los niños —dijo.

—¿Ahora? Pero si es tarde y está nevando.

Dijo que sí, que quería llevarse a los niños; nos sorprendimos. Mamá e Ida tomaron nuestros abrigos y manoplas, había nieve en el suelo y las farolas estaban encendidas en Church Street; caminamos junto a Papá por la nieve, en la oscuridad, después de cenar, por Church Street.

La nieve se arremolinaba en las farolas y, más adelante, podía verse el círculo como una isla allí donde estaba la siguiente farola. Pasamos la tienda de comestibles y bajamos por la calle vacía; giramos al final junto al seminario, subimos por Main Street donde estaban las tiendas. Nos detuvimos frente a la gran tienda de juguetes o la tienda grande que tenía todos los juguetes en el escaparate por Navidad, y nos dijo que nos quedásemos ahí y mirásemos los juguetes para averiguar qué queríamos.

No sabíamos qué pedir, pues pasado mañana o mañana era Navidad. Entramos y él dijo que quizá encontrásemos algo que nos gustase a todos, algo que pudiéramos tener todos. Eso parecía difícil al principio, pero en realidad fue muy fácil porque encontramos una caja de animales; entonces la señora de la tienda encontró una caja más grande; eran animales montados sobre cartón, había alrededor de una docena de animales grandes.

La señora dijo que eran del extranjero.

Había un oso polar, un camello, un elefante, solo uno de cada animal, no como los animales del Arca de Noé.

Llevamos la caja a casa. Mamá dijo: «Pero si no es Navidad». Papá dijo que nos había comprado ahora el regalo. «Pues más vale que se lo reserven», dijo Mamá. Pero dijimos que ya sabíamos lo que había dentro. Gilbert sujetaba la caja, no dejaba que Ida la cogiera, la llevamos al piso de arriba, podíamos tenerla en el piso de arriba si nos íbamos a la cama. «Es muy tarde», dijo Mamá.

Aquellos animales aún estaban en la caja, y habían perdurado, no se habían roto, eran animales muy buenos, un poco más grandes que los animales de siempre pero no demasiado grandes para el *putz*. ¿Cuántas veces habían estado en el *putz* bajo las ramas? ¿Dos veces o habían sido tres?

Los habíamos dividido, cada uno eligió uno, y después se hizo otra ronda y cogimos uno cada uno. Gilbert fue el primero en escoger y eligió el elefante, pero a mí no me importó, porque el primero que yo quería era el ciervo con astas, y Harold, después, dijo que el primero que quería era el oso polar, así que cada uno consiguió su primer animal; así es como dividíamos las cosas.

Habíamos hecho esto con el teatrillo de Punch y Judy; por supuesto, Gilbert escogió a Punch y yo a Judy y entonces Harold eligió a Joey, el payaso, y dijo que Joey le gustaba más. En cierto modo, a mí también me gustaba más Joey, pero era natural que Gilbert tuviera a Punch, yo a Judy, igual que Jack y Jill subieron la colina.

Luego estaban los otros animales, casi nos habíamos olvidado, pero no del todo; era parte de ello; era necesario casi-olvidarse entre estaciones, entonces las cosas llegaban casi-de-sorpresa. Estaban esos animales. Mamá había donado el teatrillo de Punch y Judy cuando nos mudamos y algunos de nuestros libros. No había donado las cosas del árbol de Navidad, seguían ahí ¿o no estaban? Imagina que abrimos la caja y viésemos que el oso polar no estaba o el ciervo con astas. ¿Debía esperar Papá? Pero fue Papá quien nos llevó, todo era diferente, nunca habíamos salido de noche con nieve. La nieve se arremolinaba en torno a las farolas y cada farola era una isla con su círculo de luz sobre la nieve.

Incluso la nieve era distinta, se veía distinta, olía distinta. Se arremolinaba en torno a las farolas y el círculo bajo las farolas. Habíamos cruzado la carretera que atraviesa Church Street hacia el puente y el camino junto al río hacia las barcas, pero nunca fuimos allí en invierno, ni a la isla donde nos llevaba los domingos en verano porque estaba muy triste cuando era pequeño los domingos. Eso es lo que yo sabía sobre él; no era feliz los domingos y no había tenido un árbol de Navidad.

Salió en medio de la oscuridad, pero esa noche estaba nevando así que no fue a su observatorio al otro lado del río, sino que nos llevó de paseo. La nieve giraba alrededor de las farolas y habíamos cruzado la calle que va cuesta abajo hasta el puente, habíamos pasado la casa de Papalie, que en realidad era la casa de al lado. El tío Hartley y la tía Belle vivían allí también, y bajábamos por Church Street, más allá de Bell House y la Casa de las Hermanas y la Casa de la Viuda y el viejo seminario y la iglesia donde llevábamos nuestras velas de Nochebuena.

Esto debió de ser el día antes de Nochebuena, ¿o era Nochebuena?

Aquel día fue diferente al resto; por primera vez, salimos de noche a la nieve. Harold era pequeño y había que tirar de él un poco, pero Papá no lo llevó a cuestas. Gilbert corría delante hasta la siguiente farola y después se giraba y nos esperaba. Juntó un poco de nieve para hacer una bola y miró alrededor, pero no había ningún chico de la escuela para tirársela.

No había nadie en la calle, no había marcas de ruedas o huellas en la calle.

Había luces en las ventanas de la Casa de las Hermanas. El reloj sonó, pero me olvidé de contar. Era el reloj de la iglesia. Dimos la vuelta junto a los muros de la iglesia que se erigía allí, con escaleras que subían. Después estábamos en Main Street y había gente en la nieve, incluso con paraguas y llevando paquetes. Él se detuvo frente al escaparate donde estaban los juguetes.

Papalie había muerto. Habría alguna oveja de arcilla de las que hacía para nosotros cada año, o quizás no habría. La lana se cayó y se ensució, pero quizás Mamá guardó la última oveja de arcilla; sería la última, con el carnero con los cuernos de alambre y los corderos con las patas de cerillas y uno o dos corderos tumbados sin piernas.

Eso era.

Por eso yo esperaba y por eso me preguntaba si tal vez Mamá había donado los animales, sería terrible; había sido tan terrible que me olvidé de preocuparme, no me preocupé de verdad después del primer minuto, cuando llegamos a la casa nueva y todo estaba vacío, sin cortinas, y dormíamos en colchones sobre el suelo.

En la sala vacía, al día siguiente, dije, cuando Ida y Mamá estaban desempacando las cajas de madera: «¿Me daríais mi Grimm?».

Mamá miró a Ida e Ida miró en la caja donde estaban los libros, «No lo encuentro», dijo Ida, «hay tanto que hacer, ve, ve, pregúntale al embalador dónde ha puesto el martillo».

Mamá miró a Ida, había algo raro.

Yo dije «lo buscaré» entonces Mamá dijo «ah, ya me acuerdo» e Ida fue ella misma a buscar el martillo.

—Lo pensé en el último momento, y como el libro de hadas estaba cayéndose a pedazos...

Me imaginé lo peor.

En la nueva casa, con todo vacío y sin el reloj haciendo tic-tac en el vestíbulo, supe que me iban a contar algo terrible. Era tan terrible que en realidad no me importaba. ¿No dijo Mamá que nos estábamos haciendo mayores?, ¿no añadió: «Algún pobre niño que no puede tener un libro»? ¿Acaso no dijo...? ¿Qué es lo que dijo? Es lo primero que pedí cuando comenzaron a deshacer las cajas, pero no importó. ¿Cómo iba a importar? Solo era un libro viejo que se caía a pedazos, ella se había desecho de él, lo había regalado a algún otro niño. Lo olvidé entonces, o en lugar de eso... las imágenes se hicieron reales en mi cabeza.

Podía ver el primer dibujo, la princesa brillante con la bola y la rana en la esquina de la izquierda y después el gran oso bailarín y la niña que subía la montaña de cristal con pinchos que clavaba en los lados de hielo de la montaña.

Yo era parte del hielo de la montaña, había ocurrido hacía mucho tiempo.

No me importó. ¿Por qué iba a importarme? Estaba la princesa con los hermanos, tenía el pelo largo y lirios en los brazos, estaban los cuervos y la pequeña cabaña en el bosque. Se había deshecho de todo aquello. No era posible, no puedes deshacerte de ti misma con una estrella sobre la frente y de tus hermanos volando sobre una torre, un bosque y una cabaña en el bosque.

Aquel era el libro y había desaparecido para siempre; el Grimm era la Biblia de los niños, solía decir Mamá. Eran cuentos de hadas, pero también lo era el mito griego de *Cuentos de Tanglewood* que la señorita Helen nos leía en la escuela. Era algo del mismo tipo, era real. Siguió ocurriendo, no dejó de ocurrir.

Era como el viejo de Church Street. Estaba en el otro lado de Church Street, cruzando el callejón; el callejón en realidad era una callejuela con arbustos; los arbustos crecían por el lado de la calle donde vivía la señorita Macmullen que tenía la guardería, pasada la casa de los Williams. Fueron los Williams quienes dijeron que Papalie era nuestro abuelo.

Yo corría por el otro lado de la calle con Gilbert y algunos de los primos y otros chicos con los que Gilbert jugaba. Todos nos quedamos al otro lado de la verja de hierro de donde vivía el viejo. Estaba con su jardinero, el joven que tenía un cuchillo o un par de tijeras en el cinturón. El viejo nos miró. El jardín era estrecho con un sendero entre el muro de la casa siguiente y su propia casa.

Era un hombre alto y viejo con barba blanca. Dijo: «Deja que entre la chica». Yo era la única chica del grupo de Gilbert, los primos y los otros chicos. Así que me quedé en la cancela y miré el sendero y me sentí extraña, pero era la única chica así que crucé la puerta de piedra hacia el sendero del jardín.

El viejo dijo: «¿Qué quieres? Puedes coger lo que quieras de mi jardín». Yo miré alrededor y vi un lirio muy alto; dije: «Quiero un lirio», así que el jardinero o quienquiera que fuese, el joven tomó un cuchillo del cinturón o del bolsillo y cortó un lirio blanco.

Entonces volví, pero los chicos se habían ido, Church Street estaba desierta. Entré por nuestra puerta principal y Mamalie y Mamá estaban sentadas en nuestra sala de estar como siempre, hablando y cosiendo. Les enseñé el lirio, era solo el lirio sin casi tallo; dijeron: «Quedaría muy bonito en la tumba de Papalie», así que lo clavé en la tierra sobre la que aún no había crecido hierba, en la tumba de Papalie.

Entonces el viejo dijo que enviaría su trineo siempre que la chica lo quisiera, así que el jardinero, que era el cochero, vino con el trineo. Las calles estaban vacías, pero paseamos por el pueblo. Me senté dando la espalda al conductor y Mamá se sentó con un niño a cada lado, bajo las mantas de piel.

—Cuando quieras el trineo, solo tienes que pedírmelo —dijo el viejo—. Porque la chica lo pide; si ella lo pide, yo mandaré el trineo.

Un día le dije a Mamá:

—¿Qué ha pasado con el viejo de Church Street que me enviaba el trineo?

Mamá dijo que no había ningún viejo en Chruch Street que nos enviaba un trineo.

—Pero ¿no te acuerdas? Yo me senté de espaldas al conductor que era el joven que cortó el lirio para mí y que tú y Mamalie me dijisteis que pusiera en la tumba de Papalie, el que puse en la tumba de Papalie.

Mamá dijo que no, que no me había dicho nada de eso. Sin embargo, cuando pensaba en ello, era extraño; el lirio estaba floreciendo y las calles estaban llenas de nieve. No podía ser. Pero así fue. Yo tenía el lirio, en mi mano.

Ahora tenía en mi mano la mano de Papá.

Él me llamaba *Töcterlein* y yo no podía evitarlo. Me provocaba una cueva profunda, un largo túnel dentro de mí con cosas que lo atravesaban muy rápido.

Había otro libro con un dibujo; Mamá lo recortó. Como Mamá lo recortó, se quedó allí para siempre. La gente no recorta los dibujos de los libros; a veces los dibujos se sueltan, pero pueden volver a pegarse con ese tipo de papel que el tío Hartley nos enseñó, que Papalie tenía para las imágenes especiales que había que ponerlas en el libro cuando estaba haciendo el libro que escribió sobre cosas-del-agua que viven en el agua, que nos enseñaba bajo el microscopio. Podías ver lo que Papalie te enseñaba. No podías ver lo que fuera que Papá salía a mirar.

El dibujo era una niña tumbada boca arriba, estaba dormida, podría estar muerta pero no, Ida dijo que estaba dormida. Llevaba un vestido blanco como el del bebé de la foto que tía Rosa le envió a Mamá, y que Mamá intentó ocultarnos, del bebé de tía Rosa con un vestido blanco largo en una caja, descansando sobre una almohada. El bebé parecía dormido, la chica del cuadro parecía muerta, pero el bebé estaba muerto y la niña estaba dormida y el dibujo se titulaba *Pesadilla*.

El libro se llamaba *Ciencia sencilla,* alguien nos lo dio cuando aún no sabíamos leer, pero Ida nos contó de qué trataban los dibujos. Ya sabíamos cosas de la nieve de todas formas, sabíamos que la nieve eran estrellas, que cada copo de nieve tenía una forma distinta; sabíamos eso y sabíamos lo de la tetera, al menos habíamos visto la tetera en la cocina con el vapor saliendo. Nos resultaba gracioso que el libro pusiera eso, pero era, nos dijo Ida, para explicar cómo ocurría el vapor, pero a mí eso no me importaba. Lo que yo quería saber era qué es una pesadilla, ¿era la pesadilla real?

Era como una vieja bruja sobre una escoba; era una anciana horrible con el pelo que se le salía volando e iba montada en un palo, era una bruja sobre una escoba, pero el libro era ciencia, decían que era para explicar cosas reales. Entonces una bruja era real; en Grimm era un cuento de hadas, pero en un libro llamado *Ciencia sencilla* que alguien nos dio debía de ser real porque Ida dijo que lo que era ciencia lo era. Papa y Papalie estaban trabajando en cosas reales, llamadas ciencia; la bruja vieja montaba en dirección a la niña que estaba dormida. Era un sueño, dijo Ida.

—La pesadilla es un sueño. Ese dibujo explica lo que es una pesadilla.

No nos gustaba ese libro, no nos dimos cuenta cuando se perdió o se regaló. Solo era por aquel dibujo. Mamá dijo que uno de los niños había gritado por la noche que venía una pesadilla. Debió de ser Harold, pues yo no recuerdo haber gritado. Pero alguien gritó, no pudo ser Gilbert, Harold dijo que no había sido él.

—Solo era un dibujo, lo recorté —dijo ella; podías ver que lo había recortado, el dibujo ya no estaba.

—¿Qué es una pesadilla?

—Es el nombre que se le da a un mal sueño.

—¿Por qué *pesa*? El tío Hartley dice que es porque causa pesar.

—No lo sé.

—¿Pero pesa de verdad?

—No, no lo sé, es solo un sueño.

Una pesadilla es un peso que llega por la noche, es un sueño, es algo terrible que te aplasta hasta la muerte. Es la muerte. Es la niña con los volantes en el camisón que dicen que está dormida, pero está muerta. ¿O es el bebé de tía Rosa el que dicen que está muerto, pero quizá está dormido?

Él sale por la noche.

—¿Qué es lo que hace allí? ¿Por qué cruza el puente hacia su observatorio?

—Te lo he dicho mil veces, sale a mirar las estrellas.

—¿Por qué?

—Porque es su trabajo, es su... trabajo..., bueno, es profesor ¿no? Le pagan por enseñar a los alumnos, si no ganara dinero, dónde estarías, no tendrías una casa, no tendrías ropa que ponerte.

Eso es lo que hace. Sale a mirar las estrellas. Por supuesto, ahora somos mucho más grandes, es muy sencillo; de cualquier modo, su casa de tránsito está aquí al otro lado del prado se llenará de césped la próxima primavera y donde colocarán un reloj de sol que dice *Tempus Fugit* que Mamá dice que es el tiempo vuela. El tiempo vuela. Sale a mirar las estrellas que tienen algo que ver con que el tiempo vuela, dijo el señor Evans, que tiene algo que ver con el invierno y el verano y la manera en que la Tierra gira alrededor del Sol.

—La Tierra gira alrededor del Sol —dijo el señor Evans. Como si no lo supiéramos. Si la gente te dice cosas como esa, te hablan como si estuvieras en la escuela dominical.

Le habríamos hecho más preguntas, pero es mejor que no nos expliquen cosas como esa; Papá no las explica. El señor Evans hacía que todo pareciera claro y sencillo, como ese *Ciencia sencilla* que lo decía todo mal. No tenemos que tener un libro con un dibujo de una tetera sobre el fuego de la cocina para que nos cuente lo que es el vapor.

Pero hay cosas que debemos saber. Debemos saber por qué una pesadilla se llama pesadilla, pero nadie nos lo ha explicado. Él ronca como un caballo cuando se ríe, tenía un caballo para montar cuando estaba en la frontera norte, que es esa línea recta en el mapa que nos separa de Canadá que él ayudó a trazar, tenía una reata de perros y guías indios para ayudarle a hacerlo.

Había un perro con un barril en el collar y una persona dormida en la nieve en nuestro libro de animales; era un perro San Bernardo; la persona no estaba muerta, parecía una niña con el pelo sobre la nieve, pero dijeron que era un chico que estaba dormido, no muerto. No debes entrar en calor en la nieve; si tienes muchísimo frío y después quieres tumbarte y dormir porque te sientes feliz y tibio, te morirás congelado. El barril tenía vino para el hombre de la nieve. Cuando nos llevó a comprar ese regalo estaba nevando. Caminamos por Church Street y después torcimos por Main Street. Ida había dejado la tapa de la caja sobre la mesa y Gilbert estaba mirando dentro de la caja.

Si los animales están ahí, entonces ocurrió, entonces sí caminamos por Church Street, los tres juntos, y elegimos los animales.

Gilbert desenvolvió los animales de arriba; era la cabra suiza de madera y el oso suizo de madera que en realidad no eran para el *putz,* pero Mamá los guardaba; entonces dijo: «Aquí tienes tu oso, Harold», y ahí estaba.

Era el oso polar, y Gilbert por supuesto recordó que era de Harold. ¿Cómo podía olvidar cómo los habíamos colocado todos sobre el suelo, y después los guardamos en la caja para verlos todos juntos, y entonces comenzamos a elegir?

Gilbert desenvolvió el león, desenvolvió al lince rayado que parecía un gato. Dijo: «No recuerdo si este leopardo es tuyo o de Harold». Yo dije: «Es un lince, es mío».

Me preguntaba si Papá recordaba cómo había comprado la caja de animales. Papá dijo: «Bien, me tengo que marchar, *tempus fugit*», que eran las letras escritas sobre el reloj de sol que permanecía parcialmente envuelto en su antigua arpillera en la biblioteca vacía. Me soltó la mano. Lo miré y vi que se marchaba.

# CAPÍTULO 3
# PORQUE UNA ESTÁ CONTENTA

LA SEÑORITA Helen nos dejaba pintar en nuestros pizarrines siempre que, decía, los dibujos no fueran tonterías.

¿Era un árbol de Navidad dibujado en un pizarrín, dentro y fuera de estación, una tontería? Recto, como el mástil de un barco, después las ramas en rigurosa silueta, el esqueleto de un árbol que parece desnudo; en realidad parece una tienda de campaña, con las ramas que se arrastran como los pliegues, o los cruces de las ramas como el estampado de la tienda, como los indios que pintaban dibujos en sus tiendas. El árbol, de hecho, ha llegado desde el bosque en el que hace mucho tiempo hubo indios. Había un indio que dijo que la música que salía de nuestra iglesia era la voz del Gran Espíritu. Eso fue cuando los indios bajaron de las montañas una Nochebuena. Todo pasaba —o debía de pasar en nuestro pueblo— en Nochebuena. De todos modos, está todo en un libro; había libros con cuadros antiguos y dibujos y fotografías de nuestro pueblo. Los indios dijeron: «Es la voz del Gran Espíritu», así que el Gran Espíritu, que era el Dios de los indios, era parte también de nuestro Dios; al menos se fueron. Dibujas las ramas bajas con cuidado, porque si solo haces trazos tontos, la señorita Helen dice que el dibujo no es lo suficientemente serio.

El caso es que dibujas este árbol, lo borras con la esponja húmeda y limpias tu pizarrín con tu trocito de toalla vieja que Ida te ha dado para que la guardes en el pupitre del colegio para tu pizarrín. De vez en cuando, la señorita Helen dice que esos trapos del pizarrín están demasiado ajados. Las esponjas se consiguen en la tienda de John, donde se compran los lápices para el pizarrín y las tarjetas de San Valentín y las caretas para Halloween. La esponja la guardas en un platito y usas de excusa el ir a mojar la esponja al lavabo, hasta que la señorita Helen dice que todos tenemos que mojar las esponjas lo primero al llegar por la mañana o en el descanso. No dibujamos la rama del castaño, pero con la más ligera elevación de las ramas, este pino sobre un pizarrín puede o podría ser un castaño con sus velas de flores.

Esto es magia contra el mal que acecha en la noche. Su voz lanza un quejido a las dos, a las tres (se le llama la «sirena» o la «alerta»), pero a salvo, «congelada» en la cama, hay magia. Es magia sencilla e inocua. Pero a veces, debido al puro agotamiento nervioso, nos quedamos dormidos. Entonces no estamos seguros.

La serpiente tiene dientes enormes, se ha arrastrado hasta la cama de Papá y Mamá y estaba bebiendo agua de un vaso de la cocina, el tipo de vaso en el que metemos los pinceles. Entonces, me pregunto por qué está bebiendo agua de un vaso de vidrio común sobre la cama de Papá y Mamá. No tira el agua. Su gran cabeza es tan ancha como el vaso, pero bebe con cuidado y no derrama el agua. Ahora sé que somos tres, no veo sus rostros, pero por supuesto, son Harold y Gilbert.

El caso es que hay otra serpiente en el suelo, puede que quiera agua de un vaso también; no hay nada demasiado horrible hasta que la serpiente del suelo se yergue como un terrible trozo de manguera de incendios alrededor de las patas de la cama. Entonces me golpea. No soy tan alta como el piecero de la cama, podría poner los codos sobre la cama, igual que encima de una mesa. Extendemos *Las mil y una noches* sobre la cama de Mamá y Papá y digo: «Esto es una niña», pero Gilbert dice: «Aladino es un niño». ¿Lo era? Lleva un vestido, tiene el pelo largo atado en una trenza y una especie de gorra de muñeca en su cabeza. «Sí, sí», dijo Ida, «Aladino no es una niña». ¿Se trata solo de un niño que puede frotar la lámpara maravillosa? Lo intento con la lámpara del mueble del vestidor, pero mis deseos no se cumplen, así que quizá solo sea un niño el que puede conseguir los deseos.

La serpiente se ha lanzado sobre mí (aunque sé que Gilbert ha estado descansando mucho tiempo, en un lugar llamado Thiacourt en Francia, y que Mamá también se fue a dormir, a primera hora del primer día de primavera de hace mucho tiempo, y no se despertó de nuevo), grito a través del rostro de la serpiente que está pegado al lado de mi boca: «Gilbert, Mamá, Mamá, Mamá».

La serpiente cae. Su enorme cabeza, mientras cae, pasa cerca de mis ojos y sus dientes son fuertes, como los de un caballo. Me ha mordido en un lado de la boca. Nunca me recuperaré, me moriré pronto del veneno de esta serpiente horrible. Tiro del mandil de Ida, pero no es Ida, es nuestra muy querida, más tarde, oscura Mary. Observa la cicatriz de mi boca. Qué fea se ve mi boca con una cicatriz, y el lado de mi cara parece haber sufrido una picadura mortal. Pero no. «No es una picadura mortal», dice la oscura Mary, que es enorme y muy amable. «Tienes que beber leche», dice. No me gusta la leche. «Tienes que comer cosas que no te gustan», dice Mary.

Hay carbón en nuestro sótano y tenemos un lavadero e Ida pone los barreños sobre los ladrillos en el cuartito exterior que da al jardín. Hay un gran peral que tiene dos tipos de peras porque lo han injertado, y tiene distintos tipos de flores. Hay glicinas que crecen en el lateral de la cocina-lavadero.

—¿Puedo ayudarte a lavar ropa, Ida?

Esta es Ida, esta es aquella montaña, esta es Grecia, esta es griega, esta es Ida; ¿Helena? Helena, Hellas, Hele, Helios, eres demasiado brillante, demasiado rubia, estás sentada en el salón a oscuras, porque «sientes el calor», tú que eres rival de Helios, de Hele, de Febo el sol. Eres el sol y el sol está demasiado caliente para Mamá, está sentada en la sala de estar con la tía Jennie y están susurrando como siempre hacen, y esconden su labor cuando yo entro. No me importa de lo que hablan. Me dejan fuera de todo. Ida no me deja fuera. «Toma, sujeta esto», dice Ida. «Ahora estruja fuerte, puedes escurrirlo más todavía». Estoy ayudando a Ida a escurrir la ropa. Annie está sacándose el jabón de los brazos del otro barreño.

Mary vino después, en la nueva casa, con su pequeño, James.

Pero la casa está plegada en acordeón sobre la casa y el sueño sigue siempre por medios simples, pero muy sutiles. Ponemos a Mary en la casa vieja y no podemos alcanzar la cinta de su mandil que está atado a su cintura. Mary, ayúdanos. Tenemos que ir más lejos que Helena, que Hele, que Helios, que la luz, debemos ir a la oscuridad desde la que ha nacido el monstruo.

El monstruo tiene el rostro de una mujer malvada y horrible; no, no es una mujer. Es un rostro de serpiente y los dientes son puntiagudos y están sucios de fango. Su rostro ha tocado mi rostro, sus dientes han mordido mi boca. Mary, ruega por nosotros. Es tan real que casi diría que se ha conjurado a un elemental, que por algún proceso inconsciente mi sueño ha dejado una puerta abierta, no solo a mis memorias, sino a la memoria de una estirpe. Es la más vil pitón a quien Apolo, la luz, mató con sus flechas ardientes.

Esta es la pitón. ¿Puede una mirar las mandíbulas de la pitón y vivir? ¿Puede una ser mordida en la boca por la pitón y proferir palabras que no sean venenosas? Hace mucho tiempo, una chica se llamaba Pitonisa; era una virgen.

—¿Qué es una virgen, Mamá?

—Una virgen es... es... una chica que no está casada.

—¿Yo soy una virgen, Mamá?

—Claro, todas las niñas son vírgenes.

No todas las niñas son vírgenes. La pitón cobró forma, sus alas zumbaban por encima, dejó caer su sulfuro y su fuego sobre nosotros.

—¿Por qué recortaste el dibujo de este libro, Mamá?

—¿Es...está...está recortado?

—Mamá, alguien ha recortado el dibujo de este libro.

—¿Qué libro, Hermana?

Me llama Hermana, pero no soy su hermana. Llama a la tía Aggie Hermana, pero la tía Aggie y la tía Laura son de verdad sus hermanas. Hay hermanas en la casa de las Hermanas y si canto en el coro cuando sea mayor, llevaré una cofia y seré una de las Hermanas de verdad. Las Hermanas abren las puertas grandes del extremo de la iglesia, cuando la iglesia está oscura en Nochebuena y Papalie dice *Yo soy la luz del mundo* y las Hermanas entran a través de las dos puertas abiertas con velas sobre bandejas. Entonces cada uno de nosotros tiene una vela con un adorno de papel, cada uno de un color distinto para que no se derrame la cera, que es cera de abeja y está hecha con la cera que las abejas hacen cuando están cogiendo miel de las flores.

No me he olvidado de que ha recortado el dibujo, pues nadie más osaría recortar un dibujo de un libro, de cualquier libro, con un par de tijeras.

—¿Por qué lo recortaste, Mamá?

—Ay, yo... pensé que se te olvidaría.

Escuchad... Era un dibujo de... Era el dibujo de una pesadilla. Era el dibujo de una niña que no estaba casada, tumbada en la cama, y una horrible criatura que era como una vieja bruja con el rostro enfadado montada sobre un palo, como una bruja montada sobre una escoba. Iba a atravesar a la niña con su palo largo y afilado y eso es lo que ocurriría si por la noche te ibas a dormir y tenías un mal sueño, que el libro *Ciencia sencilla* (que explica cosas como por qué hierve una tetera, que no tienen que explicarse) llamaba pesadilla.

Mírala a la cara si te atreves, te volverá loca. Es así para volverte loca, para que te dé un ataque como a alguien en la Biblia y veas una luz en el cielo. Es terrible ser una virgen porque una virgen tiene un bebé con Dios.

La nieve no se arremolinaba alrededor de las farolas cuando el hombre envió su trineo. El joven conducía el caballo, estaba subido a su asiento, yo me senté de espaldas a él, Mamá se sentó enfrente con Gilbert a un lado bajo la manta de piel y Harold al otro. La nieve yacía en silencio, no se arremolinaba en las farolas; está hecha como las estrellas, puedes verlas si las separas, si consigues que una se pegue al otro lado de la ventana; tienen distintas formas, aunque hay tantas que, si escribieras un 1 y 000 para siempre, nunca conseguirías escribir el número, que sería el número de copos de nieve.

Un copo de nieve no debería caer al suelo sin tu padre.

Pero aquello no era un copo de nieve, era un gorrión, pero el significado es el mismo. Tu padre camina un poco; esperamos bajo la luz de la farola que cae en círculo sobre la nieve. Sujeto la mano de Harold. Me tira de la mano, no dice: «¿A qué esperamos?», pero es lo que quiere decir cuando me tira de la mano metida en la manopla con su mano metida en la manopla. No habla a menudo. Mamá dice que está preocupada porque Harold es muy callado. Pero Harold sabe hablar. No es tonto, es un niño pequeño, tiene un año menos que yo. Le sujeto la mano. Lleva puesto su nuevo chaquetón marinero azul. Hasta hace poco llevaba un abrigo blanco, pero ahora lleva un chaquetón azul.

Gilbert va por delante. Ese es nuestro padre. No, no le digo eso a Harold. No lo pienso. Estoy tan contenta que no digo nada, no pienso en nada. Estoy sola junto a una farola, Harold me tiene cogida la mano.

Nuestro padre está a mitad de camino entre esta farola y la siguiente farola, y Gilbert ha salido a la carretera y está haciendo una bola de nieve.

Si fuesen Mamá o la tía Jennie, llevándonos por Church Street, se volverían y dirían: «Vamos, niños». Él no se gira. Me quedaré junto a esta farola porque estoy muy contenta. Cuando una está demasiado contenta en la nieve, nos contó el tío Hartley, puede que sientas calor, puedes creer que tienes calor, y entonces puede que te tumbes en la nieve y te eches a dormir: «Así que, niños, en la nieve tenéis que dar vueltas corriendo». Como si tuviera que decírnoslo. Corríamos por la nieve. Pero yo no tenía calor, no el calor suficiente para echarme en la nieve como sobre una cama, pero sí tengo calor. Las luces me calientan, pero no lo suficiente para echarme sobre la nieve, que es peligroso si estás demasiado contenta, como aquel hombre en la nieve cuando el perro le lleva el barril en el collar. Papá quizás se dé la vuelta ahora pero no lo hace, pero Gilbert grita: «Eh, vamos, date prisa, vas a llegar tarde». Lanza su bola de nieve a la farola siguiente pero no alcanza la farola siguiente. Papá no dice: «Vamos, ven aquí». Pero en los montes de Lehigh camina rápido, así que a veces tienes que darte prisa, pero no dice: «No te pierdas». Nos deja perdernos bajo los arbustos y junto al riachuelo cuando vamos a buscar pensamientos y podofilos, que tienen una flor blanca y dos hojas grandes. Las hojas de podofilo son como un paraguas para el ramo de pensamientos o de violetas que cogemos.

No se sabe si nos ve. No se sabe si él sabe que estamos ahí.

El tío Fred hace un muñeco con las tres puntas de su pañuelo y hace bailes de sombras sobre la pared cuando coloca la lámpara en el suelo. La tía Jennie enhebró la aguja más pequeña porque la grande era demasiado gruesa para ensartar las cuentas. Los indios tienen cinturones de cuentas y mocasines. Él camina delante como un indio que camina tan en silencio en el bosque que no puedes oírle. Algunos chicos (no los primos) me ataron a un poste y jugaron a un juego que no recuerdo. Lo sé porque la tía Aggie me contó que Gilbert me rescató de aquellos muchachos desconocidos en la calle de la tía Aggie, antes de que se mudaran a Washington; la tía Aggie dijo: «Te metió en la casa y dijo: "Tía Aggie, ¿cuidarás de mi Hermana? ¡Estamos jugando a lo bruto en el jardín!"».

Parece que recuerdo estar atada a un poste y los indios salvajes aullando, y no sé cuánto tardarán en golpearme con sus *tomahawk,* pero nunca en la nieve.

Sin duda, no he recordado esto, solo la farola está ahí y Harold y yo de pie ahí y Gilbert está a punto de volver y decir: «Vamos, vamos», él nos rescatará, aunque no necesitamos ser rescatados, nunca habíamos estado tan contentos, ¡nunca estaríamos tan contentos! La luz de la farola es un círculo redondo.

Esperamos en la nieve, con la farola, con Papá ahí, que se dirige hacia hacia la siguiente farola, con Gilbert esperando a gritar, aunque finge que no está pensando en nosotros y se agacha para hacer otra bola de nieve.

Sigue en lo que después llamaríamos cámara lenta, en las películas.

O nos detenemos ahí.

Aunque no recordemos, está ahí de todos modos. Trepó y su borde era blanco como la farola, y la forma en la que trepó la arena plana era la forma en la que la nieve se mueve sin rumbo alrededor de la farola.

Yo estaba en las alturas; su traje de baño era azul y se le pegaba a los hombros cuando íbamos juntos por la arena; dijo: «No, no está fría, la meteré». Él me metería y ese sería mi final, pero estoy muy arriba y las olas llegan muy cerca.

Es terrible que te metan dentro cuando las olas llegan, pero él no me deja caer.

Me deja en el océano. Cuando las olas llegan yo vuelvo corriendo y observo las olas que me persiguen, pero es un camino largo, el agua sigue y sigue.

A Mamá no le gusta. A ella no le gusta el sol fuerte; se sienta bajo un parasol con Ida que le está quitando el traje blanco a Harold y poniéndole unos pantalones de baño. Gilbert está lejos con algunos chicos grandes y una barca.

—Está demasiado lejos para que vayas caminando— me dijo.

Hay piedrecitas, están mojadas y brillan. Hay conchas.

Mamá me puso una caracola en la oreja y dijo: «Escucha, oirás el mar», pero cuando llegamos al mar hacía demasiado calor, dijo, y se quedó tumbada en su habitación.

El profesor Harding vino con nosotros. Fuimos hasta el océano en un autobús grande. Ida tenía una bolsa con toallas y nuestras cosas de baño.

—Vamos, vamos, no tengáis miedo.

Es una barca y los chicos están cazando cangrejos; un cangrejo está en el suelo de madera de la barca, hace un ruido de arañazos horrible sobre el suelo de madera de la barca. Hay un pequeño cuadrado de agua en el fondo de la barca, pero la barca no se hundirá.

—No tengas miedo, las chicas siempre tienen miedo.

Sí, tengo miedo.

El cangrejo se acerca; no se sabe para qué lado camina, solo que está caminando. Camina rápido, rápido. Las chicas tienen miedo. No gritan. Esto es lo peor que ha ocurrido jamás. El cangrejo se hace más grande, más grande y los chicos se ríen más y más.

—No te va a comer.

¿Cómo sé que no me va a comer? La barca sube y baja con las olas y el cangrejo abre sus pinzas y uno de los chicos lo empuja aún más cerca. Entonces el cangrejo se acerca todavía más... Las chicas a veces gritan.

—Ya está —dice Papá y coge al cangrejo con su mano grande y las pinzas intentan atrapar el aire y va a tirarlo de vuelta al agua.

—Mi cangrejo —dice el profesor Harding que lleva un sombrero de paja grande como un granjero—. Se aprovecharon de mi propiedad.

—Toma tu bicho —dice Papá. Llama «bichos» a las cosas, un cangrejo o el caimán.

El profesor Harding acerca un cubo de agua, Papá deja caer al cangrejo al cubo, el agua salpica y el resto de bichos arañan el borde del cubo.

Cuando el caimán se cayó por la ventana del ático, el jardinero gritó que era el demonio.

El jardinero se llamaba señor Cerezo.

—No puede ser —dijeron los Williams—, te lo estás inventando.

«Señor Cerezo, señor Cerezo», le llamamos y él levantó la mirada, donde estaba atando una parra que tenía una flor púrpura que se había caído. Estaba el arbusto de dicentra bajo la ventana de la cocina, y encima estaba la ventana del cuarto del tío Hartley donde dormía por la tarde, cuando estaba en la acería del otro lado del río por las noches. Después estaba la ventanita de arriba, igualita que la que dibujas cuando pintas una casa en el pizarrín, cuando no dibujas el árbol de Navidad.

El caimán cayó justo sobre el arbusto de dicentra y el arbusto se agitó y onduló como movido por el viento, y supimos que estaba ahí, pero el señor Cerezo no lo sabía y se sorprendió.

Salió corriendo, pero nosotros no.

Nos quedamos de pie y observamos el arbusto a ver si salía el caimán, pero el tío Hartley dijo: «Más vale que os vayáis», pero no lo hicimos porque Papá llegaba por la puerta de la cocina-lavadero; llevaba puesto su enorme guante de piel de la fragua. Debió de oír el grito del señor Cerezo o ver lo que había ocurrido, pues tenía el gran guante puesto antes de que el tío Hartley volviera a entrar en la casa y cogiera lo que fuese que iba a coger. Yo me alegré de que no fuese la pistola de

Papá. Entonces pensé: «Me alegro de que no vaya a disparar al caimán».

Metió la mano por arriba del arbusto y cogió al caimán por el cuello y lo llevó a la casa y subió por las escaleras delanteras de Papalie pasando por el reloj, torció la esquina y subió el siguiente tramo hasta el ático. El tío Hartley tiró de la ventanita del ático que se había quedado abierta y la cerró bien cerrada. «Es mejor que os mantengáis alejados del ático», dijo: «hasta que pongamos un alambre nuevo aquí. Cerezo lo hará». Papá se rio como él hace con un ronquido y dijo: «Mejor que lo haga yo, a Cerezo no le gustan los caimanes».

Papá tiene un banco de trabajo en el cuartito más allá de la cocina sobre el lavadero donde guardamos el betún y los cepillos de los zapatos. Sabe hacer silbatos de sauce.

Mamalie, con gesto de fastidio, dijo: «Sería mejor que ese caimán saliera por la puerta».

Y todos dijimos y Tootie también y Dick se quedó mirando: «¿Y adónde iba ir?»

—Bueno, después de todo...—dijo Mamalie.

—Después de todo, ¿qué? —dijimos— ¿No se lo envió alguien a Papalie en una caja de puros, envuelto en ese musgo de Florida?

—Por supuesto —dijo Mamalie.

Es musgo lo que ponemos bajo el árbol para que se sujeten los animales y para que las ovejas se tumben y coman.

Hacíamos cerezas de algodón (como el que Papalie pegaba sobre las ovejas de arcilla) para la festividad de los Mayos y el señor Williams adornaba los sombreros de paja de Olive y Mea con tulipanes y hojas de verdad. Bessie tenía una corona de flores de cerezo en su sombrero y cuando tuvimos la fiesta de los Mayos en su jardín bajo el cerezo, Bessie fue la reina porque era su cumpleaños.

Cuando volvimos a casa Ida dijo: «No molestéis a vuestra madre, podéis dormir en mi cama esta noche», me despertó por la mañana al día siguiente y su cara se veía feliz y dijo: «Adivina».

—¿Adivina qué? —dije.

—Tienes un nuevo hermano —dijo.

Yo debía de saber todo aquello porque habíamos hablado con el señor Williams y de que ella llevaba el impermeable todo el tiempo cuando estaba fuera, aunque no estuviera lloviendo, y la toquilla dentro de casa y Olive me contó lo que pasaba y entonces llegó Amery, pero yo parecía no saberlo. Parecía estar sorprendida. El bebé nació el segundo día de mayo.

Ahora, en este instante mientras estamos bajo la farola, aún no ha nacido, porque nació en mayo y ahora es Navidad y Harold es el bebé.

Cámara lenta. Más y más lenta.

Un remolino de tiempo y fuera-del-tiempo alrededor de la farola. La nieve se arremolina; es arena blanca del desierto. Más adelante está Papá, detenido a cámara lenta y después retrocediendo más y más en el tiempo, a través de las eras, de la Edad Media, aunque yo no lo sé, Roma, Grecia; pero no se detiene en Grecia. La nieve ha parado a cámara lenta y nos envuelve en una nube que es una columna-de-nube-de-día. La farola brillando sobre nuestras cabezas es la columna de fuego[1] y la nieve es la columna-de-nube y nunca, ni en el tiempo ni fuera del tiempo, pueden perderse estos niños, pues su herencia es grandiosa.

Gilbert debe marchar a Francia, pues Gilbert debe heredar la pistola de Papá que estuvo en nuestra Guerra Civil. Harold heredará la acería y el acero y los números también y se convertirá en un hombre de negocios de éxito como el tío Hartley. Gilbert ha estado dormido durante mucho tiempo, en un lugar llamado Thiacourt, en Francia. Harold ya es un hombre, un abuelo con tres hijos propios, heredó los tres hijos, también, una chica y dos chicos. Hilda ha heredado demasiado pero no puede dejarlo ir. Está la farola y la columna de fuego, y está la nube-de-día, el misterio, y Papá a lo lejos, una sombra oscura en la nieve.

Había una cabaña en los bosques, pero el sol brillaba, la lluvia no azotaba las ventanas. Nos llevó allí a coger nenúfares.

Un hombre con un caballo y un carro nos recogió en la estación.

---

1. *(N. de la T.)* La columna de nube y la columna de fuego son referencias al Éxodo (*Éxodo* 13:17-22).

Fuimos arrastrados hacia un nuevo aroma, un nuevo tacto de árboles, de luz. Era por la noche.

Mientras la luz desaparecía, hubo una nueva definición o comprensión exacta del crepúsculo.

Nunca habíamos estado en el bosque de noche.

Papá habló con el hombre que conducía el caballo, Papá había estado allí antes, ¿con quién? No con Mamá. ¿Habría traído a aquellos otros niños, Alfred y Eric y Alice (que estaba muerta), aquí, antes de que se casara con Mamá? Había todo un mundo, una vida de misterio tras él; podríamos preguntarle sobre Indiana y cómo su padre había partido en una carreta cubierta y lo asustada que estaba su madre y lo decepcionado que estaba su padre de quedarse en Indiana porque quería ir a California y cómo él se había escapado para irse con Alvin a la Guerra Civil y ¿cuándo había encontrado el cráneo indio?

Pero no le preguntábamos por lo más cercano, ¿viniste aquí con Alfred y Eric y Alice que está muerta? ¿Viniste aquí con su Mamá?

Había otra madre, era un misterio, estaba muerta, se llamaba Martha, no debíamos preguntar por ella.

Aquí, las ruedas del carro iban por un camino tan ancho como las propias ruedas, pues no había carretera en los bosques, solo esta abertura entre los árboles que peinaban la cabeza de papá de forma que tenía que bajarla, como si pasara bajo un puente en el barco del canal cuando tomaba el barco del canal y una cesta de picnic y una sandía que el tío Fred se paraba a comprar de camino.

Aquí no había cesta de picnic, pues íbamos a pasar la noche en un lugar en el que nunca habíamos estado cuyo nombre era el lago Saylor.

—¿Es un lago grande? —preguntó Gilbert.

Papá hizo ese ronquido de caballo que hacía, cuando se reía.

—En realidad es un estanque —dijo.

Un estanque es un agujero con agua plano y lodoso donde hay mosquitos, detrás de las chabolas de la colina detrás del molino donde estaba la cabra, la que Gilbert decía que se parecía a Papalie. Pero ¿acaso íbamos a la colina de las chabolas? Pasamos a través de un túnel en el bosque y las hojas rozaban el sombrero de Papá y se lo arrancaban y ahora lo sujetaba sobre las rodillas y miraba hacia los árboles. A Papá le gustaban los árboles. Lo sabía todo de los árboles. Teníamos un pequeño baúl con cajones que él había fabricado, era demasiado bonito, dijo Mamá, para usarlo para mi muñeca, ¿pero puedo tenerlo? Mamá no me lo dio, pero Mamalie me dio un baulito antiguo que era suyo, para la ropa de mis muñecas.

Los árboles eran más densos y quizá estábamos perdidos, pero el hombre dejaba que el caballo siguiera, no tiraba de las riendas, estaba llenando de tabaco la pipa. Le ofreció tabaco a Papá y Papá se rio y dijo que se había dejado la pipa en el bolsillo de su otro abrigo, en la parte de atrás del carro; también dijo que le gustaban más las pipas de maíz.

El caballo iba a pisar a las ranitas.

—Para el caballo —le dije a Papá—, dile al hombre que pare el caballo.

—¿Por qué? —dijo Papá.

—Hay una ranita —Y el hombre se rio y Papá se rio. Detuvo el caballo y nos dijo que saliéramos y había millones de ranitas en el camino; parecían hojitas caídas sobre el camino hasta que comenzaban a saltar.

—No podemos evitarlo si se ponen en medio, ¿no? —dijo el hombre.

Vimos que los millones de ranitas yacían como hojas sobre el camino del bosque, que tenía dos marcas en él, tan anchas como las ruedas del carro del hombre.

—¿Dónde está? —preguntamos.

Pero entonces vimos desde el porche la forma en que el prado se extendía junto al bosque. No había flores a lo largo del borde del porche, no había glicinas, ni rosales trepadores, ni madreselvas.

Era una cabaña en el bosque.

Había un camino al borde del bosque y marcas donde el carro se detenía frente a la puerta. Vinimos aquí anoche. Dijo que era demasiado tarde para llegar hasta el lago.

—¿Entonces es un lago? —dijo Gilbert.

—¡Claro! —dijo el hombre.

Era un lago.

Ahí estaba; no podíamos ver hasta dónde llegaba debido a los juncos, pero había barcas atadas a un embarcadero de madera, así que debía de ser un lago grande. Corrimos de vuelta, subiendo la cuesta del prado hasta el porche; no había escaleras de subida al porche; el suelo del porche descansaba sobre la hierba, la hierba llegaba hasta el suelo del porche; era una casa sin jardín, el prado era el césped, la hierba era alta y baja y podías ver dónde las ruedas del carro se habían detenido y por dónde habían vuelto a pasar.

Nadie dijo: «Pasad, pasad a desayunar», pero nosotros seguimos y vimos a través de la ventana que estaban comiendo en el salón. Papá estaba ahí sentado a la mesa y el hombre que tenía el caballo y una señora mayor y una o dos personas más. Se sentaban a una mesa larga; había un plato de vidrio con remolacha encurtida sobre la mesa y un pastel y Papá estaba bebiendo café.

Vimos a Papá a la mesa sin nosotros, bebiendo café en una gruesa taza blanca.

Atravesamos el vestíbulo y la puerta que daba al comedor. Nadie dijo: «¿Dónde habéis estado?». El hombre del caballo dijo: «Madre», hacia la puerta y la voz dijo: «Voy», supusimos que era su madre o que llamaba madre a su esposa como Papá llamaba a Mamá algunas veces. No sabíamos si era la cocinera o la madre del hombre del caballo o su esposa.

No había niños.

Nos sentamos a la mesa donde había sitio, no en fila.

El hombre del caballo dijo:

—¿Remolacha, tarta, pepinillos?

—Sí —dijimos.

Papá no dijo: «No podéis tomar tarta para desayunar».

Tomamos tarta para desayunar. Era una tarta de arándanos y teníamos servilletas con cuadros rojos.

El café en casa de Ida, cuando nos llevaba a ver a su padre y su madre, olía así. Pero esta era más grande que la casa de la madre y el padre de Ida y las ventanas estaban todas abiertas.

Él no se acercó; dijo que sí, que tomaría más café.

Nos sentamos en el porche; yo miré por la ventana y estaba hablando y riendo y todo el mundo se había ido excepto el hombre del caballo y estaban fumando en sus pipas. La señora llegó y colocó las tazas en una bandeja. «Ahora saldrá», pensamos, y salió con su pipa y el hombre dijo: «Será mejor que me vaya», tiró el tabaco de la pipa sobre la barandilla del porche y se fue.

—¡Vaya! —dijo y volvió— Mamie tiene una fuga.

Y se rio.

—¿Quién es Mamie? —preguntamos.

—Venid a ver —dijo Papá.

Y corrimos por la hierba a buscar a Mamie. Era una barca, estaba Lucy y estaban Polly y Mamie; Papá leyó los nombres y dijo: «¿Cuál queréis?», dijimos: «Polly».

Polly es nombre de loro. La tía Jennie tenía un Polly que comía galletas saladas, o si decías «Polly toma una galleta» y respondía «Polly toma una galleta», le dábamos pipas de girasol. Las pipas de girasol son como pequeñas nueces si las abres con los dientes.

Papá tomó ambos remos. Los remos se trabaron en los juncos, había juncos por todas partes; nos enredamos en ellos y el sol brillaba.

Esperamos a que Papá devolviera los remos al interior de la barca, y él empujó la barca junto a los juncos; entonces vi lo que habíamos venido a ver. Se extendía y era más grande que una rosa blanca.

—¡Para, para! —dije, aunque la barca iba despacio.

—¿Qué ocurre? —dijo Papá.

—¡Mira! —y Harold miró y Gilbert miró.

—La barca le pasará por encima —dije.

Yo estaba al frente de la barca y Gilbert estaba detrás con las dos cuerdas del timón. Harold se acercó gateando.

—¿Es un *cuaimán*? —dijo.

—No, ya sabes que viven en Florida. Ya no está. Papá le has pasado por encima —dije.

—¿Qué? —dijo Papá.

Siguió empujando la barca por los juncos.

Ya no estaba. Nunca más volvería a verlo, estaría aplastado y muerto, destrozado por la barca. Quería que la barca regresara.

—¿Qué era? —dijo Papá.

Yo dije... Yo dije..., no podía hablar porque ahora habíamos sacado la barca y la habíamos empujado con los remos y vi aquello que habíamos venido a ver.

No solo había un nenúfar sobre el agua, como el que habíamos pasado por encima. Estaban agrupados de forma que a veces se empujaban entre sí hacia los lados, como nuestras peras cuando hay demasiadas en una rama. Estaban bajo mis manos cuando me estiré para tocarlos.

—No te caigas —dijo Papá.

Vi la imagen en nuestro libro de Hans Andersen sobre Pedro el niño, ¿o era Pedro la cigüeña?

Hay una historia en nuestro Hans Andersen sobre una cigüeña y niños. Los bebés como inocentes en nuestra biblia de Doré esperaban sobre los nenúfares.

No es que pensara en el dibujo; era algo que era recordado. Había un nenúfar, pintado sobre terciopelo azul, en la casa de la señora Kent, pero dijo que ya no estaba de moda hacer pinturas sobre terciopelo. Pero era muy bonito. Había juncos, pintados sobre un paragüero azul. Parecía que los nenúfares, pintados sobre el terciopelo, y el paragüero azul con los juncos pintados no estaban en mi mente, no más que el dibujo de los nenúfares enormes y abiertos descansando sobre el lago en el cuento de Hans Andersen.

Al principio no estaban ahí, pero a medida que la barca giró y atravesó los juncos y los juncos se hicieron más escasos entonces podías ver a través de ellos (como si mirases a través de las tablas de una valla), veías lo que había ahí, sabías que era algo que te recordaba a algo. Ese algo recordaba algo. Ese algo se hacía realidad con perspectiva y dimensión (aunque aquellas palabras, por supuesto, no tenían lugar en mi cabeza) definitivas; nada podía ocurrir después de esto, como nada había ocurrido antes, para cambiar la forma en la que eran las cosas y lo que la gente decía y «¿qué harás cuando crezcas?» y «debe de ser emocionante tener tantos hermanos» o «te has hecho un buen lío en el vestido de verano y encima es la primera vez que te lo pones» (como si yo no lo supiera) o «esa rama del peral está muerta; niños, tened cuidado cuando trepéis ese árbol», pero no fue ninguno de nosotros sino Teddie Kent quien se cayó de ahí, porque dijo: «Esta vieja rama no está más muerta que el resto del árbol», y trepó, simplemente porque le dijimos: «No lo hagas», y se cayó y se rompió el brazo.

Y Jack Kent corrió y estuvo fuera toda la noche y cuando volvió la señora Kent lloró y eso nos pareció curioso.

—¿Por qué lloró, Mamá?

—De alivio, porque estaba muy contenta.

—¿Se puede llorar porque una está contenta, Mamá?

# CAPÍTULO 4
# EL SECRETO

¿LAS ESTRELLAS?

«Bueno, hay un...», y la voz se detiene y todos dejan de hablar. Esto es después, en la casa nueva. Están sentados bajo mi ventana. Yo estoy en la cama, ellos están bajo mi ventana. *Mi jardín está bajo la ventana* fue nuestra primera obra en la escuela antigua; me refiero a que fueron las primeras palabras que dije. Habían construido una ventana en la parte trasera del escenario, y estábamos de pie, juntos, en fila; parecíamos salidos de un libro de Kate Greenaway.[1] Yo estaba entre dos chicos, pero los chicos eran de mi primera clase en la escuela y todos teníamos seis años y no eran mis hermanos.

Pero esto es en la casa nueva. Están todos sentados sobre la hierba

Han sacado las sillas de debajo del gran arce. Es verano y han venido a visitarnos; el tío Fred y la tía Jennie se alojan en nuestra casa. Mamalie también está aquí, pero ella no está de visita. Mi no-sé-quién está ahí, pero no importa quién es. Creo que Mamalie se ha ido a la cama también. Me pregunto si les oye decir «Mi», entonces parece que sé lo que están mirando, por qué han dejado de hablar.

Siempre tienen tanto que decir; el tío Hartley y la tía Belle también vienen, pero la tía Jennie y Mamá son las que más se ríen. Quizá ese es el primo Ed diciendo: «Me recuerda a...». Siempre dicen que les recuerda

---

1. *(N. de la T.)* Kate Greenaway, autora e ilustradora británica de un famoso libro infantil titulado *Under the window (Bajo la ventana).*

a Papá está en la casa de tránsito, Eric está en el observatorio, buscando sus estrellas dobles. Las estrellas dobles permanecen juntas, pero giran una alrededor de la otra como grandes soles; sabemos esto porque se lo cuenta a los visitantes del observatorio los jueves por la tarde y les pedimos que firmen en el libro de visitas. Hoy no es jueves. Casi puedes adivinar qué día de la semana es por la sensación que hay en el aire, pero era mejor antes en el pueblo por las campanas de la iglesia y los silbatos de la fábrica, al otro lado del río. Al tío Hartley le van a ascender y se va a ir a un sitio distinto a la acería de Bethlehem. Tendrán una casa nueva como nuestra casa nueva cuando vinimos aquí y Papá dejó su pequeño observatorio por su nueva casa de tránsito, que tiene el único instrumento (aparte de Greenwich, Inglaterra) como el suyo. El señor Evans vive en el ala de la casa, y Eric tiene su habitación en el ala de la casa sobre la biblioteca vacía, pero ahora están sacando mapas y libros para la biblioteca del observatorio de la biblioteca de la universidad.

—La primera de este año... La primera de verdad, me refiero...

Mamalie no está en la cama. Está subiendo las escaleras. El reloj hace tic-tac. Tiene un sonido fuerte. Quizá ha olvidado su labor, quizá bajaré las escaleras y le recogeré la labor a oscuras. La casa está a oscuras porque los mosquitos entran, aunque tenemos mosquiteras nuevas en todas las ventanas. «Mamalie», ahora está en la parte de arriba de las escaleras.

—Mamalie...

—¿Qué? ¿Eres... eres tú, Helen? —Me llama «Helen» a veces y llama «Hartley» a Harold, pero no decimos «no me llamo Helen» o «no me llamo Hartley», simplemente contestamos.

—Mamalie...

—Sí, Helen, ¿qué ocurre?

—Soy yo, Mamalie...

—¡Ah, eres tú!

—Mamalie...

—Sí, dime, Laura, digo Helen... esto... Hilda, claro, ¿qué ocurre?

—¿Te has olvidado la labor?

—Pues sí, sí... Creo que me la he dejado en el asiento de la ventana de la sala de estar.

—¿Quieres que baje a por ella?

Ya estoy levantada. Me quedo junto a ella en la oscuridad del descansillo de lo alto de las escaleras. Las voces afuera continúan «...cuando alquilamos el antiguo coche del correo, solo para divertirnos, ¿te acuerdas? Todos pusimos dinero para el regalo de cumpleaños del tío Sylvester y condujimos hasta la cascada y...». Están todos ahí, y por lo que dicen ah es por una estrella fugaz, y la tía Jennie dice que puedes pedir un deseo con tu primera estrella fugaz.

Le pregunté a Eric por qué se llamaba estrella fugaz y dijo que porque atraviesa el cielo en un momento... «Pero ¿podría caernos encima?» Dijo que no, había algo de la gravedad que evitaba que se cayera, pero ¿cómo sabían eso? Yo no hacía preguntas tontas como los visitantes de los jueves por la tarde en el observatorio que decían: «¿Hay gente en Marte?», pero a veces me preguntaba si eran capaces de saber si realmente una estrella fugaz no se caería y caería sobre nosotros y caería sobre la casa y nos quemaría vivos. Ahora están en silencio.

—Mamalie...

—¿Por qué no estás durmiendo, Laura?

—No sé..., es que están hablando fuera.

—Esa no es razón para no irte a dormir; siempre se sientan en el porche o en el césped y hablan cuando hace tanto calor.

—Sí, porque si encienden el farol vendrán los bichos de junio.

—... ¡Pero si estás temblando!

—Solo es carne de gallina, Mamalie —dije. No sé muy bien lo que quiero decir con carne de gallina, pero simplemente digo algo para que ella siga de pie en la oscuridad.

—¿Y por qué lo llaman carne de gallina, Mamalie? —digo, aunque eso también lo sé; es porque si tienes frío te salen unos granitos pequeñitos como los que tienen las gallinas cuando están en el plato esperando a meterlas en el horno, pero esa rugosidad no se parece mucho a la carne de gallina; es como eso que dicen de ponerse los pelos de punta pero que en realidad no es así. Pero le he hecho otra pregunta rápida que no ha contestado, así que, si puedo, le haré otra. Estiro la mano y la pared está ahí y es una noche calurosa y tengo frío.

—¿Por qué llaman estrella fugaz a las estrellas fugaces, Mamalie?

—Bueno..., supongo que porque...

—Podría caer sobre una casa, ¿verdad? Quiero decir, ¿podría caerse y darnos?

—¿Por qué iba a hacerlo? —Pasa por mi lado como si yo no estuviera ahí. No debe hacer eso.

—Mamalie —toco a tientas la pared—. ¿Adónde vas, Mamalie?

No contesta. Ella es así. A veces no contesta, no levanta la vista cuando está tejiendo, incluso se sienta sin tejer y no está dormida, pero: «No molestes a tu abuela», dirá Mamá. No es solo porque se esté quedando un poco sorda de un oído, porque sabemos qué oído es y nos quedamos del lado de su «oído bueno», como ella lo llama. Pero está oyendo algo igualmente, puedes ver que está oyendo algo. Quizá está oyendo algo ahora en la oscuridad. Me he olvidado de la estrella fugaz. Quizás me deje quedarme en su habitación. Si me quedo con ella en su habitación, puede que yo oiga algo.

Está buscando a tientas las cerillas en el cajón de arriba de su buró. Tiene su cofia de encaje y los pañuelos en un saquito, y hay colonia encima del buró.

—Están en la esquina izquierda, al fondo —le digo—, me dijiste que te lo recordara si se te olvidaba.

Esconde las cerillas en distintos rincones, como si tuviera miedo de ellas. Pero ha encontrado las cerillas. Enciende una, y sale una pequeña llama de la vela que está sobre el plato; tiene un plato con una vela puesto encima del buró. Pone el plato sobre una silla junto a su cama. Es una luz de noche, y a veces me pide que eche agua en el plato de la jarra que hay en su aguamanil, y después tenemos que quitar un poco otra vez, porque es mucha para la vela, y entonces lo hacemos bien, de modo que la vela se apagará y no prenderá nada en caso de que empiece a chisporrotear. Incluso lleva una vela en el tren, en su bolso, dice por si acaso «todas las luces se apagan en un túnel».

—¿Sí o no?

—¿Sí o no qué, Aggie?

Ahora me llama Aggie. Me pregunto si se dará cuenta, nunca me llama Aggie, pero ¿por qué no iba a llamarme Aggie si me llama Helen o incluso Laura? Ahora soy Aggie; esta es la primera vez que soy Aggie. Estoy de pie en camisón y veo la habitación y es una habitación diferente y yo soy Aggie. Es verano, lo sé, pero no oigo sus voces porque la habitación de Mamalie está en este lado de la casa, alejada de los escalones de la entrada y de la hierba donde tenemos plantado el nuevo magnolio pequeño.

Nunca se quitaría la cofia porque tiene una pequeña calva en la parte de arriba de la cabeza, dice, pero ahora se quita la cofia. Veo a Mamalie sin su cofia y tiene el mismo aspecto, aunque quizás no tan vieja porque la luz no es muy fuerte y su pelo no es todo blanco sino blanco en parte, y donde no es blanco puedes ver que es negro, pero muy negro, no como el de Mamá, ni castaño claro como dicen del mío.

Los ojos se inclinan hacia arriba en los lados, sí, puedes ver que se parece a la tía Aggie, solo que la tía Aggie es una señora más alta, más alta incluso que Mamá. Parece que hace frío, aunque es una calurosa noche de verano, pero hay viento en este lado de la casa porque las cortinas se mueven un poco con el viento y puedo ver que Mamalie tiene miedo de que toquen la vela del plato, antes incluso de que diga «Las cortinas, Aggie».

Me acerco y abro las cortinas de verano; están hechas de una tela de flores, como las cortinas que pusieron en las ventanas que cortaron de una vieja mosquitera que pretendía ser una casa en el jardín cuando yo era *Mi jardín está bajo la ventana*. Era ese tipo de cortina, y esta tenía pequeñas margaritas y rosas silvestres por todas partes y florecitas amarillas en la esquina que Mamá decía que eran prímulas inglesas y que crecían silvestres en Inglaterra, pero nosotras no las habíamos visto, solo las que crecían apiñadas en un tallo que tenían los Williams en su jardín, que la señora Williams llamaba «primaveras» y que Mamalie llamaba «llaves del cielo».

Es mejor acostarla. No hace frío, pero la colcha que siempre lleva con ella en su baúl es bonita; está hecha de trozos de los mejores vestidos de todo el mundo y un material francés que fue enviado por una de las antiguas chicas de Nueva Orleans. Mamalie puede contarme cosas sobre los vestidos; querré preguntarle de nuevo sobre este negro con los capullitos de rosas rosas, que era uno de los de tía Aggie para ir a Filadelfia, cuando se casó con el tío Will. Puedo tirar de la colcha y puedo sentarme aquí, y ahora no tengo miedo de pensar en la estrella fugaz porque sé que ella va a hablarme de la estrella fugaz de una forma distinta que no es la gravedad.

Ella dijo: «He olvidado todo eso».

No sé si es lo de la estrella fugaz o la pregunta que estoy pensando hacerle (porque a veces parece saber lo que voy a preguntarle y me contesta de antemano) sobre el vestido de tía Aggie de seda negra con capullos de rosa, pero no se ha olvidado de eso porque me lo estaba contando el otro día cuando la ayudé a deshacer la maleta. Ella se quedará todo el tiempo que pueda, pero después debe regresar a Bethlehem; por alguna de esas cosas como poner flores en la tumba de Papalie para su cumpleaños o por el día en que murió, pero parece que le gusta estar con nosotros aquí y entra en la cocina y le hace a Papá pasteles de manzana. Ahora se ha quitado las horquillas de hueso que lleva en la parte de arriba, para sujetarse las trenzas. Tiene dos trenzas, y ahora cuelgan a cada lado de su cara, y puede ser casi una chica grande o una niña pequeña sentada en una silla baja con la vela en el alféizar.

—Tendría que habértelo contado antes, pero se me ha olvidado, Agnes.

Yo digo: «Sí, Mimmie», porque Mamá y la tía Aggie la llaman «Mimmie». Temo que recuerde que solo soy Hilda, así que me meto bajo la colcha para que me vea a medias, así no recordará que solo soy Hilda.

—No es que tuviera miedo —dijo—, aunque estaba asustada. No era solo que podían quemarnos a todos, sino que estaban los papeles. Christian me había hecho guardar un secreto. Y yo temía que el secreto se perdiera.

No sé quién es Christian y tengo miedo de preguntar. ¿O quizás se refería a un cristiano? Es el mismo nombre que Hans Christian Andersen. Me canso de oírles hablar sobre el cuadro que alguien llamado Benjamin West pintó de una señora llamada Mary Ann Wood (creo que se llamaba así) y de la espineta que el fabricante de abanicos de Londres le regaló a alguien; de todas formas, su abuelo tenía una espineta en su casa, aunque no fuera esa, y ese sería el padre de Mamalie, sí, ese sería el propio padre de Mamalie y quizás Mamalie tocaba la espineta, aunque nunca toca el piano.

Ahora parece que puedo entender por qué están tan interesados en Mary Ann Wood y lo que tenía, porque de pronto lo comprendo todo sobre la espineta e incluso me pregunto sobre el fabricante de abanicos de Londres y quién era y para quién hacía abanicos y cómo eran los abanicos y por qué regaló la espineta y por qué la trajeron con ellos en el mismo barco o si la enviaron en otro barco y, en cualquier caso, ¿cómo se llamaba el barco en que vinieron?

Por primera vez en mi vida, me pregunto quiénes somos. Vale, la Mamá de Mamalie se llamaba Mary y era de Virginia, y su padre y su madre habían venido directamente desde Escocia, y yo ni siquiera sabía sus nombres ni el nombre del barco en que llegaron. El nombre de la mamá de Mamalie era Mary, ¿será por eso (me pregunto por primera vez) que Mamalie siempre hace que tío Fred cante *The Four Marys* al final de la noche después de las fiestas de Acción de Gracias o de Navidad?

Nunca pensé mucho en quiénes eran y de todas formas siempre podía averiguarlo preguntándoles, pero ahora por primera vez de verdad quería saberlo; quería saber quién es Christian porque de alguna manera Christian no es uno sobre los que Mamá y el tío Hartley y el primo Ed hablan, pero Christian es alguien de quien oigo hablar, sola con Mamalie, como si Christian nos perteneciera a mí y a Mamalie y, ¿acaso no dijo que era un secreto?

«Christian», digo para mí, porque no puedo evitarlo, aunque no tenía intención de preguntarle por Christian porque quizás la tía Aggie lo sepa todo sobre él, pero Mamalie puede regresar y recordar que soy Hilda y que no soy Agnes. Pero no dije «Christian» muy alto, quizás ella no me oyó.

Mamalie regresó, miró la habitación, dijo: «¿Qué estaba diciendo, Hilda?».

—Estaba pensando en preguntarte sobre este retal, es negro con capullos rosas; la tía Aggie dice que era un vestido gris plateado que tenía para Filadelfia cuando se casó con el tío Will —dije.

—Has dicho algo, o alguien ha dicho algo, ¿quién ha dicho algo? —dijo Mamalie.

—Solo estamos tú y yo, Mamalie, te estaba preguntando por la tía Aggie, estaba pensando en... en... la iglesia... Quiero decir, estaba pensando en algo...

Mamalie se lleva la mano al pelo, presiona los laterales de su rostro como si quisiera ocultar las dos largas trenzas que tienen hebras blancas pero que parecen más oscuras cuando están sueltas que cuando están enrolladas a los lados de su rostro, bajo la cofia de encaje.

—¿De qué estabas hablando antes de que me quedara dormida? —dijo Mamalie. No le digo que no se ha quedado dormida.

—Estábamos hablando, porque les he oído hablar, de que tenía frío —¿Qué diré ahora? —. Está demasiado oscuro para que me leas, Mamalie, pero estaba pensando pedirte que me leyeras. Estaba pensando en ir a por mi nuevo libro de cuentos. No sé, quizás lo he dicho en voz alta, ya sabes: «Voy a por mis cuentos nuevos. Voy a por Hans Christian Andersen».

Dije de nuevo: «Voy a por Hans Christian Andersen».

—Estaban hablando bajo la ventana —dije—. Yo estaba escuchándoles y dijeron ah. Y decían ah porque era una estrella fugaz. La tía Jennie dice que puedes pedir un deseo con tu primera estrella fugaz del verano. No pensé ningún deseo, además no la vi, solo les oí hablar. Desearía, si desease algo, no pensar en que puede caer sobre la casa. Sabía que no era posible, por la gravedad o algo así, que evita que las estrellas nos caigan encima y hace que el mundo siga girando. La gravedad mantiene a la tierra en su camino, y el señor Evans explicó lo de Papá en la casa de tránsito. Eric está en el observatorio, observando sus estrellas dobles.

—Estrellas dobles —dijo Mamalie.

—Te oí subir las escaleras y te pregunté si cogía tu labor y dijiste que no, creo, o quizás no contestaste, y entonces encendimos la vela.

—Sí —dijo Mamalie—, encendimos la vela.

—Luego te quitaste la cofia.

Sube la mano, está palpando en busca de la cofia. Me pregunto por qué piensa que deber llevar siempre una cofia de encaje.

—Quería una de las cofias pequeñitas y ajustadas —dijo—, como las que llevaban las Hermanas, y quería ser una de las Hermanas solteras, pero Christian dijo que mejor no, porque los alemanes reformados ya nos estaban acusando de prácticas papistas.

—¿Qué son prácticas papistas, Mamalie, y quién es Christian? —pregunté.

—Pensé que ya sabías, Agnes, que yo llamaba a tu padre Christian.

Ella dijo *Gnaudenhuetten*, y no importa lo que es o dónde está o lo que significa ni nada de eso. Es igual que cuando Papá me llama *Töcterlein*, hace que todo sea diferente, de forma que a veces estoy segura de que estoy de verdad en el bosque, como cuando Mamá toca *Träumerei* que no es una música muy buena, dice ella, pero le pido que la toque porque se llama *Träumerei*.

No estaría bien que intentara aprender alemán porque, cuando miro uno de esos libros de gramática alemana de las estanterías, deja de funcionar. Una línea de palabras llamadas *der-die-das* no tiene nada que ver. Preferiría hablar alemán, alemán de verdad, que cualquier otra cosa. No quiero aprender alemán, ni siquiera quiero que sepan el sentimiento que me causa cuando dicen *Gnaudenhuetten* así. Estoy en la palabra, soy *Gnaudenhuetten* de la forma en que Mamalie lo dice, aunque no sé lo que significa.

—Y Wunden Eiland —dice.

Parece que algo me ha sobrevenido como las ramas de un árbol o los pliegues de una tienda de campaña cuando ella dice Wunden Eiland. Dice *Eiland* que debe de ser una isla, y el *Wunden*, supongo que es como maravilla o maravillosa. Ni siquiera quiero que me lo diga, pero quiero que siga hablando porque si se detiene, la palabra se detendrá. La palabra es como una colmena, pero ahora no hay abejas en ella. Yo soy la última abeja de la colmena, este es el juego al que juego. Las otras abejas se han ido, por eso está tan en silencio. ¿Puede una abeja mantener viva una colmena? Quiero decir, ¿puede una persona que sabe que Wunden Eiland es una colmena, conservar Wunden Eiland para las otras abejas cuando regresen?

Pero no servirá de nada pensar de este modo, porque si no digo algo, es posible que ella se duerma de verdad, o que lo suelte todo en alemán y no quiero escucharla hablar nada más que alemán, porque entonces empezaré a pensar en ello y si empiezo a pensar en ello, se convierte en *der-die-das* y me enfado y no puedo entenderlo o no puedo aprenderlo rápido. Pero Wunden Eiland no es una cosa que aprendas, no es algo que alguien pueda enseñarte, simplemente ocurre.

—Cuéntame más de la isla —digo, aunque quizás Eiland no es una isla, aunque creo que debe de serlo.

—Fue borrada —dice Mamalie.

Mamalie habla como algo en un libro y no entiendo muy bien lo que está diciendo. He oído hablar del conde Zinzendorf, por supuesto, que fundó la *Unitas Fratrum*, los Hermanos Unidos, que es nuestra iglesia o que era nuestra iglesia antes de que nos mudásemos a Bethlehem.

*Unitas Fratrum* es hermanos unidos, como los Estados Unidos son estados unidos, y tienen un símbolo que es un cordero, como los Estados Unidos tienen un águila, y tienen una bandera con una cruz. Mamalie dice que es una bandera que los cruzados usaban, o un pendón, pero eso fue hace mucho, solo que todo fue hace mucho tiempo.

Pienso en cuatrocientos años atrás; es porque todos tuvimos una fiesta cuando era 1892, que se cumplieron hace cuatrocientos años desde que Colón descubrió América. Pero los *Unitas Fratrum* parecían haber descubierto algo que era muy importante, que estaba en Europa. Llegaron a América para traer el secreto de Europa o para guardarse ellos el secreto. Pero algo pasó como siempre ocurre, al parecer, así que lo Hermanos Unidos no estaban realmente unidos.

Mamalie dijo: «Mi Christian me explicó el secreto; me pareció muy sencillo. Era simplemente una creencia en lo que se dijo... *Aquí yo estoy con vosotros todos los días, hasta el fin del mundo.*[2] Ya ves, se tomaron aquellas palabras literalmente».

Estaban todas estas preguntas en fila, cada una con su particular signo de interrogación. No las pensé ni las vi escritas, pero algunas de ellas eran:

¿Tocabas la espineta, Mamalie? ¿Tocabas *The Four Marys*?

¿Quiénes eran las cuatro Marys, y por qué había cuatro?

¿Quién tiene nuestro Grimm y ha perdido el dibujo de la Princesa y la rana, que estaba suelto y un poco roto?

¿Por qué se llaman todos Christian o solo significa que son cristianos?

¿Por qué hacen de ello un secreto? ¿porque nadie puede leer lo que dice en la Biblia, *aquí estoy yo con vosotros todos los días*?

¿Al bisabuelo Weiss le gustaba Christian Henry más que Francis, que es el padre de Mamá?

¿Por qué siempre piensas que puede haber un incendio? ¿O no eras tú? ¿Era yo o Mamá quien lo pensaba?

---

2. *(N. de la T.)* «and, lo, I am with you alway, even unto the end of the world», *Mateo*, 28:20.

¿Por qué estás asustada y te llevas la mano al pelo? (Yo quiero tener el pelo largo, pero si un indio viene a arrancarte la cabellera quizás sea peor.)

¿Qué eran los papeles?

—¿Qué eran los papeles, Mamalie? —pregunté.

Mamalie contó esta historia que no comprendí del todo, pero cuyas piezas uní después, me refiero a mucho después, por supuesto, porque «aquello» que iba a ocurrir, que iba en cierto sentido a unirse a mí en comprensión emocional, en la intuición, al fin y al cabo, al conjunto de iniciados elegidos en Wunden Eiland, aún no había ocurrido.

«Aquello» que iba a ocurrir, ocurrió poco después, quizás aquel mismo otoño o invierno. Fue antes de Navidad, digamos en noviembre, pero no puedo fechar el momento de aquello que ocurrió, que me ocurrió a mí personalmente, porque lo he olvidado. Me refiero a que aquello se emparedó y me enterraron con ello. Yo, la niña, enclaustrada como podría serlo una monja, quien por algún pecado (que entonces no comprendía) es emparedada viva en su propia celda o en la antesala de alguna catedral.

Era como si yo estuviera allí todo el tiempo, sin comprender nada de «aquello» que había ocurrido antes de cumplir los diez, «aquello» que me había ocurrido y «aquello» que había heredado de ellos. Yo, la niña, estaba viva aún, pero no era libre, no fui libre para expresar mi comprensión del don, hasta mucho tiempo después. No fui, de hecho, completamente libre hasta que de nuevo silbaron las alas del mal, la caída de las flechas envenenadas, la firma mortal de un signo de magia malvada en el cielo.

El mismo temor (temor personal) podría agrietar el muro que originalmente me encerraba, pero para vivir tenía que congelarme en mí misma, tan grande fue el golpe en mi mente cuando encontré a mi padre herido. No sabía, cuando Mamalie comenzó a hablar, que *Wunden Eiland* era la Isla de las Heridas; lo vi claramente después. Pequeños trozos se aclararon, como yo digo, en retales; la historia era como la colcha con la que me tapé hasta la barbilla, mientras me acomodaba en su cama para escuchar.

Pasaron alrededor de cien años desde la fundación del pueblo y los rituales llevados a cabo en Wunden Eiland, lo cual, según Mamalie había explicado, era en realidad una isla en el río Mocacy que, en tiempos de Mamá, era un arroyo, aunque podría ocasionalmente romper sus límites en temporada de crecidas, como aquella vez que Mamá nos contó, cuando se perdieron los ciervos que tenía Papalie en las tierras del seminario.

Habían pasado cien años, desde la fundación del pueblo me refiero, cuando el Christian de Mamalie encontró los papeles o el rollo de piel de ciervo flexible que contaba la historia de las reuniones de los jefes de medicina de las tribus amigas y los devotos del Ritual de las Heridas. Christian, que no era ni mucho menos un erudito, atisbó aquí una pista en hebreo o siguió un texto griego hasta su original, y así armó la historia de la reunión, descifró las palabras de las promesas extrañas, palabras extrañas pronunciadas, ritmos extraños cantados provocados, todos decían lo mismo, por el poder del Espíritu Santo; el Espíritu Santo de los ritualistas cristianos y el Gran Espíritu de los indios vertían su gracia del mismo modo; sus dones llegaron por turnos a Anna von Pahlen, a John Christopher Frederick Cammerhof, a John Christopher Pyrlaeus, que no solo era un erudito y autoridad en lenguas indias, sino también músico.

Bien, ¿adónde había ido a parar el don de Mamalie entonces? No le pregunté, pero ahora creo que lo quemó todo en una hora o así de éxtasis, que ella y su joven esposo, juntos, recobraron el secreto de Wunden Eiland; y no solo el secreto, sino el Poder real que había recaído sobre

Anna y Zeisbeger y Paxnous y Estrella de la Mañana, recayó cien años después, sobre el joven Christian Seidel y su esposa, Elizabeth Caroline, que era nuestra abuela. Como Mamalie resumió, al parecer, al probar y reunir los ritmos indicados, ella misma se convirtió en uno de los iniciados de Wunden Eiland y ella misma habló en lenguas (himnos de los espíritus que había en el aire), de los espíritus del alba y el ocaso, de los ciervos y de la ardilla silvestre, del castor, de la nutria, del martín pescador, y del halcón y el águila.

Ella se reía mientras me lo contaba, así que sé que ella y Christian (o Henry) que era el padre de la tía Agnes, debieron ser muy felices.

Hemos vuelto al principio. Esto es solo un dormitorio. Bien, estoy sentada sobre la cama de Mamalie, y hay voces fuera de mi ventana. *Mi jardín está bajo la ventana* es el primer verso de un poema que recité, la primera vez que recité algo sobre un escenario. Había mucho público, aplaudieron, y la señorita Helen dijo que debía salir, salir por la ventana y hacer una reverencia. Hice una reverencia. Ahora, esto es algo parecido. Estamos interpretando algo.

Mamalie ha olvidado que ella no estaba en Wunden Eiland; dijo: «Nos recorrió una carcajada», pero ella estaba allí cien años más tarde y simplemente recogió las notas (que cuidadosamente había buscado en los himnarios y en los folios antiguos) que John Christopher Pyrlaeus le había indicado, al pie de una página. Mamalie debe ser muy inteligente. Nunca me había contado esto. Nunca, lo sé, le contó esto a nadie. Y ahora me lo está contando. Es como si ella hubiera estado en aquella reunión, solo que no podía haber estado. ¿Cómo es posible que sepa que se rieron?

Había un sello que tenía una copa y una S. La S era de *Sanctus Spiritus* que significa el Espíritu Santo que nadie termina de entender, pero que Mamalie dijo que Anna von Pahlen y John Christopher Frederick Cammerhof encontraron en una reunión en Wunden Eiland; aquello fue un escándalo. ¿Qué es un escándalo?

Era una mancha en la iglesia, dijeron, y no tuvieron reuniones como aquella nunca más, y Mamalie dice que Christian, su Christian, averiguó que habían hecho un pacto o una promesa, pero estaba en el espíritu, en el *Sanctus Spiritus,* y parece que no lo cumplieron. No pudieron cumplirlo porque los Hermanos más estrictos de la iglesia dijeron que era brujería. ¿Qué es exactamente la brujería? Te pueden quemar por ser una bruja. ¿Es Mamalie una bruja? Se inclina sobre la vela, está sujetando en la mano el plato con la vela. ¿Qué le está diciendo Mamalie a la vela?

—*...hasta que la Promesa sea redimida y el Don restaurado.*

Pero ya había dicho eso antes. Lo dijo cuando me estaba contando lo de la copia de la promesa que se hicieron el uno al otro, que estaba escrita sobre piel de ciervo, o quizá era pergamino. Hicieron una promesa, pero no era culpa de Mamalie que no la cumplieran, ¿cómo iba a serlo? Supongo que el don era todos ellos hablando y riendo de esa forma y cantando sin palabras o con palabras de hojas crujiendo y ríos fluyendo y nieve arremolinándose en el viento, que es el aliento del Espíritu, al parecer.

Mamalie ayudó a su esposo cuyo nombre era Henry, pero que ella llamaba Christian, o quizás se llamaba Henry Christian, en cualquier caso, había muerto. Quiero decir, estaba muerto casi desde el principio porque la tía Aggie no había cumplido ni un año, creo, cuando él murió. Estrella de la Mañana era la princesa india que era esposa de Paxnous, que fue bautizada por los moravos. Al parecer ella fue bautizada de verdad; Paxnous no fue bautizado pero los indios introdujeron a Anna von Pahlen en sus misterios a cambio de Estrella de la Mañana. Quiero decir, Anna era Estrella de la Mañana en sus misterios, y Estrella de la Mañana (que tenía otro nombre corriente indio como Nube Blanca o Hierba Fragante o uno de esos nombres) era Angelica que era otro nombre de Anna von Pahlen, que en realidad era la señora de John Christopher Frederick Cammerhof, pero a mí me gusta pensar en ella como Anna von Pahlen.

Mamalie le está hablando a la vela. De verdad, no es por su culpa.

—No es por tu culpa —digo.

Estoy segura de que no es por su culpa. Sea lo que sea. Quizás tenía miedo de que la quemaran por bruja (como hicieron en Salem, Massachussetts) si les contaba que podía cantar canciones indias, aunque no sabía lenguas indias, y que ella y su Christian habían encontrado el secreto de Wunden Eiland, el cual, decía la iglesia, era un escándalo y una mancha.

Quizá todo eran sombras e imágenes en la mente de Mamalie, quizá nunca hubo un pergamino, quizá nunca existió aquella reunión en Wunden Eiland, quizás nunca hubo una Wunden Eiland.

—Quizás nunca hubo una Wunden Eiland —digo.

—¿Qué...? ¿Qué? —dice— Lucy.

¿Y ahora quién es Lucy? ¿Es aquella tía Lucia a la que solíamos llevarle pasteles de azúcar, en la Casa de la Viuda?

—Te dije que estaba todo escrito, te dije que el pergamino estaba... estaba... Lucy, agua —dice Mamalie que parece que se está atragantando. Ahora estoy asustada—. Lucy, alguien debe encontrar los papeles, alguien debe sacar la música, ahora que Christian ha muerto. Lucy —dice—, ¿quién puede hacer ese trabajo...? ¿Quién puede seguir la música? Música, Lucy —dice.

Ahora estoy asustada. Pongo un pie fuera de la cama. Me salgo de la cama; camino alrededor de la cama. Me quedo de pie mirando a Mamalie. Le quito la vela de la mano.

—Tranquila, tranquila —le digo—, no pasa nada. No la llamo Mamalie, ni siquiera la llamo Mimmie—. No pasa nada, no pasa nada, Elizabeth —digo.

Creo que es una buena idea llamarla Elizabeth, aunque más bien me asusta. Si piensa que soy Lucy, ya no soy Agnes, y si no soy Agnes, ella ya no es Mimmie. Creo que debe ser aquella tía Lucia con quien está hablando, la de la Casa de la Viuda, aquella que murió.

Ida solía poner una tarta de manzana o un pastel de azúcar en una cesta con una servilleta limpia encima, y Gilbert cargaba la cesta y llevábamos el pastel de azúcar o la tarta de manzana a la tía Lucia. Mamalie dice «Lucy», pero creo que se refiere a la vieja tía Lucia que no era nuestra tía, pero tenemos muchas tías, y Mamá tiene muchas tías que eran hermanas de la iglesia de Mamalie, así que supongo que son tías nuestras, de la iglesia.

Todo tiene que ver con la iglesia. Era algo que la iglesia pensó que era malo y Mamalie formaba parte de ello, aunque no lo era en realidad, porque fue cien años antes, pero ella dijo que, cuando tocaba las canciones, todo volvía. Las canciones traían de vuelta cosas como aquella, al parecer. ¿Cantaba aquellas canciones? Nunca la oí cantar. No creo que Mamá la haya oído nunca cantar. Me pide que cante *Permaneced a mi lado* [3] y Mamá toca la melodía; Mamalie siempre me pide que cante; creo que es la única persona que siempre me pide que cante.

Me pide que cante *Raudo cae el ocaso. La oscuridad se hace más profunda.*[4] Siempre tiene miedo, al parecer, de la oscuridad, y me pide que cante *La oscuridad se hace más profunda*. No está realmente oscuro en esta habitación, pero entonces no tengo miedo de la oscuridad. Tengo más miedo de una luz que puede ser fuego y de una estrella fugaz cayendo sobre la casa y quemándonos a todos.

Todo empezó con la estrella fugaz y conmigo haciendo preguntas.

Pero debo hacer algo, ella puede volver enseguida y preguntarse dónde está. Pero quizá sea mejor si regresara porque allí donde está, tiene sed, y habla sobre el pergamino quemándose y ella misma quemándose y la

3. *(N. de la T.) Abide with me*, himno basado en *Lucas*, 24-29.

4. *(N. de la T.) The darkness deepens*, verso del himno *Abide with me*.

promesa y el castigo si no cumplen la promesa y sobre grandes guerras y una maldición sobre la tierra, si no cumplimos la promesa, y cómo Estrella de la Mañana era el alma que Dios le dio a la iglesia y la iglesia no reconoció a Estrella de la Mañana, aunque *las estrellas de la mañana cantaron juntas*. Pero no lo hicieron. Las estrellas no cantaron juntas, dijo; dijo: «Estrella de la Mañana, Estrella de la Mañana, perdónanos», y algo sobre una maldición y cosas así. De verdad que no sé qué hacer. Estaba encantada de que estuviera hablando bajito, casi susurrando, pues no me habría gustado que Mamá hubiera entrado o la tía Jennie, riendo y bromeando y diciendo: «Pero bueno, ¿aún no os habéis acostado?».

Recuerdo que la tía Aggie dijo que Mamalie estaba muy enferma, y mientras Mamalie tuvo aquellas fiebres malas, la enviaron a casa de la vieja tía Bloom durante casi un año, y la tía Aggie también llamaba «Mimmie» a la tía Bloom; tía Aggie pensó durante mucho tiempo que la tía Bloom era su madre, según dijo. Supongo que fue algo así. La tía Aggie ahora vive con la tía Bloom y es muy pequeñita y yo ya no soy Aggie, sino tía Lucy o tía Lucia, y supongo que estoy cuidando a Mamalie porque las Hermanas moravas hacían medicinas y tenían pequeños huertos con menta y salvia y cosas que convertían en medicinas.

Soy la enfermera de Mamalie que está muy enferma y tiene algún tipo de fiebre, quizás fiebre cerebral, dijeron; en cualquier caso, creo que es muy triste que tuviera miedo (cuando tuvo las fiebres) de que Estrella de la Mañana estuviera enfadada con ella.

Dijo que tenía sed; me pregunto si no sería una buena idea traerle un vaso de agua del aguamanil y fingir que soy Lucy e intentar meterla en la cama. Me acerco al aguamanil. La jofaina está casi llena de agua y pesa mucho. Sería terrible si tirase la jarra; ¿es una jarra o una jofaina?, como el *seidel* que era la copa con la S, que era *Sanctus Spiritus*, que era el signo de la comunión así que el tío anciano la convirtió en una urna y puso la S sobre un escudo, dijo Mamalie, pero Mamalie dijo que tenía las mismas palabras en francés, *l'amitié passe même le tombeau.*[5]

Ahora parece, mientras vierto agua de la jarra en el vaso, que soy Hilda vertiendo agua de la jarra del lavamanos que tiene rosas y una cinta azul que parece un lazo pintado alrededor del borde. La taza de los dientes hace juego con la jarra. Hay una pastilla de jabón con una jabonera de porcelana con agujeros, para que el agua del jabón gotee a través. La palangana tiene las mismas rosas.

La jarra pesa, pero no derramo el agua.

La colcha se ha caído de la cama allí por donde me salí.

El agua parece lo suficientemente fresca. Dejo la jarra de cualquier modo y ahora tomo el vaso pesado y siento su exterior, no está tan fresco, y recuerdo que es una noche calurosa. Ahora no tengo frío y recuerdo que es una noche calurosa. Podría ir a la despensa y coger algo de hielo picado, pero eso sería un problemilla y los demás seguro que entrarían y dirían: «¿Qué haces que no estás en la cama?», y lo estropearían todo.

Camino alrededor de la colcha que está extendida en parte por el suelo, y no piso sobre el retal que era del moaré de la tía Sabina o la seda de agua de la prima Elizabeth. Debo recordar que Mamalie es solo Elizabeth, no la vieja prima Elizabeth, y camino alrededor de la cama, y ella está sentada ahí y la vela está ahí en el plato y la cortina cuelga recta y no hay nada de viento. Recuerdo que hacía viento que agitaba las anillas de la cortina, pero no hay viento y, si presto atención, puedo empezar a oír pasos y el arrastrar de sillas en los escalones del porche desde el césped, como siempre hacen, en caso de que llueva por la noche. Pensé que quizás habría una tormenta porque Mamá dice en las noches muy calurosas: «Está el ambiente cargado». El ambiente ha estado cargado, aunque quizás no es eso lo que ocurría; quiero decir, es a lo que te refieres cuando se te pone el vello de punta, aunque no es así en realidad. Pero eso era, quizás, lo mejor de todo, como escuchar una historia de fantasmas en una fiesta a oscuras.

---

5 * *(N. de la T.)* La amistad perdura incluso más allá de la tumba.

Era como escuchar a oscuras, aunque teníamos la vela, y quizás era solo una historia en la oscuridad con una vela, sobre algo que ni siquiera ocurrió, como la historia de fantasmas sobre el hombre que clavó su abrigo a un féretro y después gritó porque pensó que una mano de esqueleto lo había agarrado. Solo que esto era algo diferente, aunque no podía decir por qué, solo que hacía que Mamalie temblara y entonces dijo eso sobre que la estrella fugaz les perdonó o algo así. Creo que quizás fue una especie de sueño, quizás no ocurrió. Quizás, incluso, yo me lo inventé todo allí sola sobre la cama mientras Mamalie estaba sentada junto a la ventana; quizás Mamalie no dijo nada en absoluto; quizás es como aquella vez que vi al viejo en Church Street y él envió su trineo y Mamá dijo que nunca había ocurrido. Quizás es como aquello que ocurrió, que Mamá dice que no ocurrió, cuando aquel joven, que al principio pensé que era el jardinero, cortó o rompió un lirio con un tallo corto y yo lo sujeté con mis manos formando una copa. Quizás...

Creo que, si simplemente tomo el vaso y se lo doy a Mamalie y ella solo dice «gracias, Helen» o «gracias, Hilda», entonces será que yo estaba dormida o medio dormida en la cama y que he soñado todo esto y quizás, después de todo así fue, solo un sueño sobre el viejo y el paseo en la nieve cuando todas las calles estaban vacías, cuando pasamos por delante de nuestra casa en Church Street y Mamá se sentó frente a mí con Harold y Gilbert bajo la manta de piel y el hombre, que al principio pensé que era el jardinero, se sentó delante y condujo los caballos.

Quizás aquello fue solo un sueño, y quizás el lirio con el tallo corto que sujeté con mis manos formando una copa fue algo que soñé, igual que tal vez soñé que Mamalie dijo que los inicios de nuestra iglesia se remontaban al siglo noveno (y eso sería hace mil años) y que había una rama de la iglesia que se llamaba *Calixines* que tenía algo que ver con la palabra griega, pensaba ella, para copa, igual que cáliz es una palabra para la parte de la flor que es como una copa.

Había flores que eran como margaritas o rosas planas, dijo, en el viejo cinturón, e Ida dijo que se llamaban lirios de agua, rosas de agua en alemán, así que quizás el lirio que yo sostuve en mi mano y después coloqué sobre la tumba de Papalie (recto, clavado en la tierra para que pareciera que crecía allí) podría ser, también, una rosa. Quizás la rosa blanca y la rosa negra de las que Mamalie solía hablar con la tía Laura y Mamá (cuando se emocionaban y se reían demasiado por nada) son la sombra de la rosa *Calixines* que me dio el hombre que yo pensé que era el jardinero, que condujo el trineo. Quizás, cuando Mamalie levante la mirada y diga: «Gracias, Hilda, ¿no es hora de que estés ya en la cama?», veré que todo fue una especie de sueño que me inventé, que Mamalie nunca dijo nada sobre un indio que estaba en Wunden Eiland, cuyo nombre era Estrella Fugaz.

Quizás fue solo que yo estaba soñando algo porque tenía miedo de que una estrella fugaz se escapara del cielo y cayera sobre la casa y nos quemara a todos. Quizás, era porque tenía miedo de que me quemaran que hice que Mamalie, en el sueño, dijera que no solo tenía miedo de que la quemaran, (aunque sí tenía miedo) sino que tenía más miedo de perder aquellos papeles. Los papeles se perdieron.

—Aquí tienes tu vaso de agua, Mamalie— dije.

Pero, aunque la llamo Mamalie, para que ahora pueda ser ella misma fuera-de-un-sueño, dice: «Gracias, gracias, Lucy». Dice: «Sí, Lucy, tienes razón...

»¿Qué era eso que estaba diciendo ayer el joven Hermano Francis? Ayer, dijo que nada está perdido; dice que hay cosas (como las formas vegetales invisibles en las gotas de agua que estudia bajo su nuevo microscopio) en el alma humana que no han sido descubiertas aún.

»Hacía frío en la habitación y cuando terminó la plegaria de la comunión por los enfermos, sentí que ya no estaba ardiendo. No te preocupes, Lucy. Era la fiebre. Estaba ardiendo de fiebre. Sí, Lucy, dile al

Hermano Francis si llama para las vísperas, que estoy bien. Díselo al Hermano Francis cuando venga para las vísperas».

Ella dice «vísperas» y la palabra «vísperas» significa esas reuniones que tienen a veces, casi como festines de amor, cuando toman café y pastel de azúcar alrededor de una mesa.

Está sentada a la mesa y habla sobre la isla de arena y *Christiansbrunn* y el *Singstunden* y *Liturgien* y la famosa música acuática del río de antaño, y del árbol de aquí o del árbol de allá que fue cortado, ¡qué pena! Y recuerda la época en la que aún no se había pensado en la acería, y ahora el Hermano Francis la toma de la mano y dice que no volverá a hablar de esas cosas que la han preocupado a menos que ella particularmente lo quiera, y que él no le hablará a nadie de ello; seguro que ocurrió, dice él, no duda de su palabra ni cuestiona la realidad de la experiencia y la preocupación de Henry Seidel por el tema, aunque el pobre Hermano Henry ha estado trabajando demasiado y se ha quemado con tanto celo y devoción.

Ha habido fuerzas extrañas en acción, dice él, en esta gran tierra desde el principio, y el ritual indio en los primeros días no se comprendía, y después de todo, no hacía tantos años desde la masacre de *Gnaudehuetten*.

(*¿Gnaudehuetten?* De modo que los habían matado en *Gnaudehuetten*.)

No entiendo lo que dicen Elizabeth Caroline y el Hermano Francis; no puedo oír lo que están diciendo, pero tengo la sensación de que nuestro propio abuelo había oído historias, incluso de boca de su abuelo, que trajeron el miedo y el terror a los dardos ardientes y venenosos *(esa saeta que vuela de día)* [6] muy cerca.

No era algo que solo hubiera ocurrido en tiempos del abuelo de Papalie, era algo que podía ocurrir todavía.

Me parece oír al Hermano Francis hablarlo con Mamalie, de una forma muy clara, comprensible y compasiva, recordando las primeras misiones y la obra de Zeisberger y el joven Conde, Christian Renatus, pero viendo el otro lado, viendo las extravagancias, las representaciones

---

6. *(N. de la T.)* «*arrow that flieth by day*», *Salmos 91:5.*

y las procesiones y las extrañas reuniones, como una suerte de parodia sobre su salvador y la historia del evangelio, que brillaba de forma clara y con símbolos sencillos para él.

No se podía parodiar al redentor (por sincero que fuese el sentimiento detrás de aquello) con trajes y procesiones por las calles de este mismo pueblo. Nuestro salvador no debía ser adorado con una transparencia sorprendente que mostrara las heridas, amplias, rojas y sangrantes, cuando se acercaba una vela, desde fuera del encuadre, en la oscuridad.

Había también extravagancias reales, temas prácticos, la cuestión del despilfarro de los fondos de la iglesia en estas complicadas reuniones que eran una especie de fiestas rituales, en realidad, donde ciertos favoritos del grupo llevaban los nombres de los discípulos de nuestro Señor.

Estas cosas, recordó, oídas, olvidadas, pasaron por la mente de Papalie; no quería ofender a su querida Hermana Elizabeth Caroline, que había perdido tan recientemente a su marido. Él esperaría. Pero temía que se hubiera dejado llevar por alguna fantasía febril; él había amado y admirado a su colega, Henry Seidel, y sus familias habían estado unidas por su interés en la Hermandad Morava durante generaciones. Pensó en la hijita de Henry.

«Le echaré un vistazo a la pequeña Agnes de camino a casa», dijo. «Me encontré a la Hermana Maria Bloom, cuando venía hacia aquí», dijo. «Descansa», dijo, «Yo cuidaré de tu pequeña Agnes».

Me parece oírle decir «pequeña Agnes» o es Mamalie la que dice «¿Agnes?». Mamalie dice «Agnes», de modo que, sea yo quien sea, ya no soy Lucy.

Yo era Lucy o la vieja tía Lucia, cuando fui hasta el aguamanil, cuando pensé: «Si levanta la mirada y dice "por qué no estás en la cama, Helen" o "qué estás haciendo en mi habitación a estas horas, Hilda"», entonces sabré que todo eso sobre Estrella Fugaz era un sueño o estaba soñando despierta o simplemente eran pensamientos mientras estaba sentada aquí en su cama, identificando los retales de los vestidos viejos que llevaban y la *pervanche* azul, como lo llamaba ella, ese que las chicas antiguas de Nueva Orleans enviaron una vez por carta a Mamalie, para mostrarle el color del vestido de novia cuando se casó su hermana.

Ese era el otro retal, muy azul pero no un azul brillante, como los pétalos de un pensamiento cuando son de dos tonos de azul. No hablamos sobre ese trozo, pero puedo decir que yo estaba pensando en preguntarle sobre ese retal (no es un trozo muy grande) si me preguntaba qué estaba pensando o incluso qué estaba diciendo.

En realidad, ahora soy Agnes así que supongo que tengo que llamarla Mimmie de nuevo.

—Aquí tienes el agua, Mimmie —digo.

—Recordé que *las hojas eran para la curación de las naciones* [7] y bebí el agua del cáliz... ¿Qué estaba diciendo?, ¿qué estaba diciendo, Hilda?

—Estabas diciendo que tenías sed, Mamalie, y te he traído agua de la jarra del aguamanil, no está muy fría. Estaba pensando, ¿quieres que baje a por un poco de hielo picado? Podría bajar y traer algo de hielo del refrigerador. Estabas diciendo...

Mamalie, Mamalie, Mamalie, ¿qué estabas diciendo? Espera, Mamalie, hay mil preguntas que quiero hacerte.

Mamalie, Mamalie, no me has contado nada de nada, en realidad ¿encontraron los papeles perdidos? Mamalie, todo esto da miedo, podría llorar de pena y dolor si no me cuentas más, porque ahora estás sujetando el vaso normal de la cocina, y es solo un vaso de la cocina. Recuerdo a Mamá decir, antes de que vinieras: «Tenemos que buscar un vaso especial o una copa bonita para el aguamanil del cuarto de invitados antes de que venga vuestra abuela».

---

7. *(N. de la T.)* "*...the leaves of the tree are for the healing of the nations*" *Libro de las Revelaciones*, 22:2

Ay, Mamalie, me muero de pena cuando pienso que solo tenemos este vaso normal de la cocina en lugar de una copa de cristal, y Mamalie, ¿no quieres hielo picado?, solo es agua de la jarra del aguamanil, y podría bajar y traer algo de hielo picado, pero comprende, estaba tan emocionada, no podía esperar ni un minuto, quería saber más sobre Wunden Eiland y *Gnadennhuetten* y de que los mataron, los mataron, las cabañitas de los heridos en la habitación de Grace están ardiendo, y las hojas sobre los jóvenes cornejos están marchitas, y Paxnous está lejos porque estaba intentando evitar que las tribus se enfrentaran.

Ay, Mamalie, hay tanto que quiero saber, quiero saber cómo era la esposa de Paxnous, que era una especie de princesa y, ay, estaba Anna von Pahlen, mi querida, queridísima Anna que era Estrella de la Mañana como la Princesa con los nueve hermanos en aquella historia que se perdió, ella también tenía lirios, como yo tuve un lirio, solo que tenía el tallo corto como una copa blanca, como un cáliz, no como la vara de azucenas que la Virgen tiene en las tarjetas de Pascua o que tiene Jesús en las tarjetas de Pascua cuando Él sale de la tumba, *passe le tombeau*.

Mamalie, Mamalie, no te vayas, Mamalie; te he dicho que te traeré algo de hielo porque estás ardiendo con algún tipo de fiebre terrible, que fue cuando recordaste cómo te quemaron; pero a ti no te quemaron en *Gnaudehuetten* cuando los indios masacraron a los Moradores de la Gracia, pero fueron los otros indios quienes lo hicieron; ay, Mamalie, dime que no fue Pasnoux quien ofreció a su esposa, la princesa Estrella de la Mañana, a los moravos.

Mamalie, no te vayas. Pero aquello que ocurrirá, me ocurrirá este invierno después de Navidad o antes de que empiece Navidad, alrededor de noviembre, pero no lo recordaré. Lo olvidaré, como tú olvidaste todo sobre Wunden Eiland y los papeles perdidos y también tendré miedo. Mamalie, habrá salvajes, y llevarán símbolos feos como algunos de los indios malos, para traer de vuelta cosas feas y horribles al mundo y la *Tormenta de la Muerte* ya truena en mis oídos; Mamalie, espera, hay tanto que quiero preguntarte.

Mamalie, Mamalie, dices que no quieres hielo picado, aunque podría bajar corriendo al refrigerador y traerte algo de hielo como tiene siempre Ida, un cuenco de hielo en el refrigerador. Mamalie, dices ríos de cristal y es como las tormentas de nieve que tenemos, cuando los árboles brillan como el vidrio en un cuento de hadas de una montaña de cristal, y siempre está el momento en el bosque en el que recuerdas un sendero (que no podías recordar) que lleva hasta un viejo vado sobre un arroyo o un río, que lleva hasta una fuente llamada *Christiansbrunn* porque fue Christian Renatus quien ayudó a averiguar el secreto, aunque casi nadie sabe ahora que había un secreto.

Mamalie, estás sujetando el vaso de agua, y estás mirando el vaso de agua, y ves una imagen en la copa de cristal, que son Papalie y la tía Lucia que estaban de pie junto a la ventana, y creo que había una cortina blanca bailando con el viento, pero no me lo dijiste. Mamalie, no te pierdas; debo seguir, debo continuar hacia la oscuridad que es mi propia y terrible herencia, pero era Papá, era el rostro de Papá, no era el rostro del herido en Wunden Eiland, aunque lo mezclé todo, pero los separaré de nuevo y sostendré la copa en mi mano, que es un lirio, que es una rosa, que es...

# CAPÍTULO 5
# LO QUE OCURRIÓ

LO QUE OCURRIÓ, no podía apreciarse en el momento. Lo que sucedió no tardó mucho en suceder.

Estábamos sentados alrededor de la mesa redonda de la sala de estar; había un libro para pintar y un vaso para el agua de la pintura e Ida se había ido arriba y el bebé estaba dormido y Eric y el señor Evans se encontraban en el observatorio, o en la casa de tránsito, o en sus habitaciones en el ala de la casa.

Mamá y Papá se habían ido a Filadelfia, como hacían si estaba lloviendo o si había nubes y Papá no podía trabajar. Papá abandonaba la fiesta, o lo que ellos llamaban recepción, si pensaba que iba a despejarse, y Mamá tenía que volver sola después, si quería quedarse una vez él se hubiera marchado.

Nosotros no íbamos mucho a Filadelfia; era un viaje largo en una especie de tranvía con motor que cubría las dos millas hasta Cobbs Creek, que era el límite de la ciudad, y después otra media hora en el trolebús normal, hasta Wanamakers para ver las cosas de Navidad o para ir con Mamá a ver a la tía Laura y la prima Emily Bell en Spruce Street. Esta era nuestra casa. Nos habíamos mudado aquí después de Navidad, un invierno.

Yo llegué primero, sola con Papá y Mamá, y nos habíamos alojado en la granja Fetters, que era la casa más cercana, excepto la granja y los establos que pertenecían a la granja Flower. Un anciano había legado su granja a la universidad para hacer un observatorio, y eso era todo; era el

Observatorio Flower y Papá era el astrónomo y Eric y el señor Evans le ayudaban con su trabajo.

Tuvimos una gran cena de Acción de Gracias, y vinieron los tíos y las tías, y Mamá dio una fiesta de Pascua, como siempre hacíamos, y las señoras de la universidad ayudaron a buscar los huevos con los hijos que trajeron. Mamá pintó conejitos de tinta encima de la invitación, o un nido con un patito o un pollito con su cáscara, y algunas de las cartas que enviaron de vuelta para decir que vendrían tenían también patos o conejos dibujados.

A todo el mundo le gustaban las cestitas que Mamá había comprado, y Harold y yo ayudamos con los más pequeños, pero era un camino largo hasta Filadelfia y no teníamos fiestas pequeñitas, solo alguna vez una fiesta grande como aquella, o cuando venían todos. Día de Acción de Gracias. La gente no entraba corriendo y Mamá no cruzaba apresurada el jardín hasta Mamalie o subía Church Street corriendo a casa de la tía Jennie, y el tío Fred no pasaba de largo de la casa ni nos saludaba con sus partituras (cuando le gritamos que entrase) y dijo: «Llego tarde al ensayo del coro».

Eric nos llevaba a dar paseos. No estaba el río y las barcas y la casa de verano de la isla. El doctor Snively vivía a dos millas carretera abajo y los Snively a veces venían con su poni a sacarnos de paseo; ellos eran de Forest y Margaret y Ethelwyn y Muriel. Me prestaban sus libros y yo les prestaba los míos. Tenían el *Libro Rojo de las Hadas,* donde había alguna de mis historias antiguas, pero con dibujos diferentes. El cartero no pasaba por la casa, sino que teníamos que ir a recoger el correo a Upper Darby, que era un pueblito, dijo Mamá, una aldea. Estaba justo debajo de la escuela a la que íbamos. No nos gustaba la escuela, pero nunca dijimos nada. Quizás a Gilbert sí le gustaba; jugaba al baloncesto con los chicos mayores. A veces Harold y yo salíamos por el sendero hacia los bosques, pero no nos dejaban adentrarnos en el bosque más allá de la primera valla, porque a veces había gitanos acampando. Era el bosque de los Seller. Los Seller eran cuáqueros o amigos, como les llamaban. La mejor casa era la de los Ashurst, que estaba a unas dos millas o más cerca, si cruzabas por los prados, o quizás no era más de una milla. Los Ashurst solo vivían ahí en verano, la casa se llamaba Grange porque es como decían que el marqués de Lafayette la había llamado o la llamaron así por la casa del marqués; en cualquier caso, él y George Washington habían caminado juntos por un camino a través de los bosques que llamaban el camino Lafayette. Había setos de boj y un gran macizo de heliotropos en verano frente a la casa.

La habitación estaba en silencio y Gilbert estaba cortando soldados de papel con las tijeras de Papá que se supone que no debía coger de la mesa de Papá, a menos que las devolviera antes de que Papá regresara a casa. Harold me estaba ayudando con el libro de pintar que estaba casi todo pintado, y el piano estaba ahí, como lo estaba en la antigua casa con los libros de partituras de Mamá encima; ella tocaba *Träumerie* cuando yo se lo pedía, pero no tocaba el piano a menudo. Decía que yo debía tomar lecciones de música, pero estaba demasiado lejos para ir a Filadelfia. El doctor Snively dijo que podía ir a su casa y tomar lecciones cuando Margaret y Ethelwyn y Muriel tomasen las suyas, dos veces a la semana, los martes y los viernes. Mamá dijo que sería demasiado pedir, y el doctor Snively dijo que los niños estaban tan contentos de tener por fin vecinos; de Forest tenía la edad de Gilbert o un poquito más y Margaret era un poquito mayor que yo. Yo estaba entre Margaret y Ethelwyn. Pronto comenzaría esas clases de música, dijo Mamá. El piano estaba abierto y estaba la Venus que Mamá había traído de Europa, de París. La Venus se llamaba *Venus de Milo* y estaban los mismos cuadros que teníamos en la casa antigua, y algunos más de fotografías de lugares que habían visitado en Europa, en las escaleras.

El viejo tranvía pasaba por la casa una vez cada hora; iba a pasar pronto; sabíamos cuando pasaba, a la hora y diez minutos si iba puntual. Había un cambio de agujas frente a la granja de Fetters, cuando dos tranvías se cruzaban, uno en dirección a la ciudad y el otro de vuelta, y a veces iban tarde. Esperaríamos al tranvía que funcionaba con una especie de motor, que no iba sujeto al coche, sino que era parte de él. El tranvía pasó por la casa y esperamos porque quizás ellos volverían, pero no volvieron.

Gilbert salió al vestíbulo, después regresó. Después cogió las tijeras y las puso en la mesa de Papá. «Pero si no ha vuelto», dije. Harold estaba pintando un collar amarillo en un perro que se parecía al perro de nuestro antiguo Punch y Judy; el perro, en el dibujo coloreado que se supone que debíamos copiar en el dibujo sin colorear, tenía un collar rojo. No sé si Harold lo estaba haciendo distinto a propósito; casi no se veía el amarillo a la luz de la lámpara.

«El amarillo se verá distinto por la mañana, el amarillo se ve distinto por la noche», le dije a Harold. No le dije: «Pero deberías haber pintado el collar rojo», porque no siempre pintábamos el dibujo igual que el dibujo coloreado de la página opuesta.

Dije: «El amarillo se verá distinto por la mañana». Harold dijo: «Lo sé». El reloj hacía tic-tac muy fuerte. Annie entraría y nos mandaría a la cama, pero cuando Papá y Mamá estaban fuera no siempre nos lo decía. Ahora faltaría otra hora para que el trolebús pasara por la casa. Teníamos un acceso más allá de la casa, será mejor, le dijo Mamá al doctor Snively o a los Ashurst cuando vinieron en coche y las ruedas hicieron crujir las piedrecitas, en primavera. «La universidad lo va a asfaltar y apisonar como es debido», dijo Mamá. Estaban los tres grandes arces y un cerezo silvestre junto a la carretera, pero decían que no era bueno para dar fruta, y que de todos modos estaba en mal sitio, así que habría que cortarlo; había arbolitos plantados en la parte de atrás de la cocina, eran perales, pero todavía no habían dado peras. Los Ashurst enviaban cosas de su jardín, raíces de iris y distintos tipos de arbustos.

Bueno, ahora solo había que esperar al siguiente tranvía, o a que Ida o Annie vinieran y nos mandaran a la cama; Gilbert estaba esperando, con los codos sobre la mesa, fingía que no nos miraba, pero nos estaba mirando. Esta era la misma mesa que teníamos en la casa antigua, ahí en el cuarto de estar. Poníamos un mantel blanco y flores y regalos sobre esta mesa para los cumpleaños, pero no habría cumpleaños en mucho tiempo; todos nuestros cumpleaños caían muy juntos, el mío en septiembre, el de los chicos en octubre. Harold seguía pintando.

Hubo un ruido de pasos en el porche, como si alguien estuviera subiendo los escalones. «Quizás sean ellos», dije, pero después se quedó en silencio. Gilbert comenzó a poner su nuevo soldado de papel recortado en su caja de zapatos donde guardaba los demás. Entonces me pareció oír pasos de nuevo y corrí hacia la puerta principal. Abrí la puerta principal. La luz de la lámpara del vestíbulo mostraba el porche, estaba vacío, había dos bancos en la pared que formaban una habitación pequeña y abierta en la parte techada del porche junto a la puerta.

Estaba oscuro y no veía; la potente luz del vestíbulo llegaba por el suelo solo hasta los escalones del porche, después la oscuridad. Me quedé mirando la oscuridad más allá de los escalones del porche y entonces Papá atravesó la luz.

Atravesó el porche y yo dije «¡papá!» y corrí afuera, dejando la puerta abierta de par en par. Lo tomé de la mano y dije «¡ay, Papá!» y él no dijo nada. No me apretó fuerte la mano, no me tomó de la mano de la forma en que solía hacerlo, los dedos no se cerraron fuerte alrededor de mi mano como siempre ocurría. Nunca antes había ocurrido que sus dedos no se cerraran alrededor de mi mano.

La mano no parecía pertenecerle, su brazo parecía el brazo de un espantapájaros o de una muñeca de trapo. Le tiré de la manga y el brazo no pareció tirar de él. Tiré del abrigo que llevaba puesto, tiré de su abrigo, él se balanceaba adelante y atrás. ¿Era esto un hombre borracho? ¿Es así como actúa la gente borracha? No llevaba sombrero y ahora tiraba de él hacia la puerta abierta y lo miraba... Yo lo miraba.

Tiré de él en la puerta, él se quedó sobre la alfombra del suelo del vestíbulo. Había una alfombra en el suelo y yo no veía nada más salvo el rostro de Papá, pero sabía que estaba en el vestíbulo, pero se fue muy lejos, después lo vi claro, y entonces todo en el vestíbulo se volvió peculiar; quiero decir que había un lugar especial y una razón especial para estar ahí, como si las cosas estuvieran recortadas de la parte de atrás de las revistas y pegadas en tu casa de muñecas de papel. No es solo eso lo que quiero decir, pero es lo que quiero decir.

El reloj estaba ahí y hacía tic-tac y era un reloj que pertenecía a un cuento, era un reloj que tenía una puerta que daba a un túnel, que llevaba a una casa en el bosque y el viejo y la mujer de la repisa del vestíbulo (los que habían traído con el plato cuadrado y el tulipán y la rosa pintados, desde Dresde) eran como un viejo y una vieja en un cuento de hadas que cobran vida cuando el reloj da la medianoche.

El reloj no sonaría durante un tiempo, el tranvía pasaría por delante de la casa a y diez y el tranvía iba con retraso y tuvimos que esperar un poco, de modo que el reloj no pudo dar la hora por lo menos durante media hora o casi tres cuartos de hora. La hora estaba cortada en dos, puede que fuese casi y media porque Gilbert dijo cuando volvió de dejar las tijeras en el escritorio de Papá: «El tranvía va con retraso, como siempre».

Él dijo eso y yo lo recuerdo ahora. Harold estaba sentado a la mesa y yo dije: «El amarillo se ve distinto con la luz del día», y él dijo: «Ya lo sé». Harold estaba sentado a la mesa y Gilbert estaba guardando sus nuevos soldados recortados en la caja de zapatos. Pero en realidad estábamos en el vestíbulo.

Gilbert cerró la puerta principal. Harold estaba a mi lado y yo tiraba del abrigo de Papá. Tiré de su abrigo y tiré de él hacia su estudio y Gilbert cogió la lámpara del vestíbulo. Cuando lo sentamos en la silla junto a su mesa, mi rostro estaba casi a la altura de su cabeza cuando estaba sentado, así que parecía estar más cerca.

La sangre le corría por el lado de la cara que yo veía, y había polvo en su abrigo, y el brazo del que tiré en el porche colgaba sobre la silla.

Tenía los ojos abiertos por completo, pero no parecía vernos. Estaba sentado en su silla. Ahí estaba la lámpara sobre la mesa que Gilbert debió haber puesto ahí y Gilbert no estaba. Harold y yo estábamos solos con él y él no parecía conocernos y no cerraba los ojos y los ojos seguían mirando y mirando.

Corrí a la cocina con Harold y llenamos la palangana de agua y trajimos una toalla y Harold se quedó ahí de pie y ahora el agua de la palangana estaba casi tan roja como la sangre de su cara y la barba estaba espesada por la sangre y yo continué lavándole el rostro con la toalla y escurriendo la toalla en el agua, como Ida me había enseñado a hacer cuando yo era pequeña y las ayudaba a ella y a Annie a lavar la ropa, pero eso fue en la casa antigua.

Esta era la casa nueva y pensamos: «Qué divertido sería mudarnos a una casa nueva» y ahora estábamos aquí y teníamos perales pequeños en el jardín de atrás junto al porche de la cocina y teníamos nuevas plantas y esquejes para los arbustos que los Ashurst nos enviaban. ¿Dónde estaba Mamá? ¿Estaba Mamá fuera, estaba muerta?

¿Dónde estaba todo el mundo? Yo seguía escurriendo la toalla y la palangana estaba cada vez más roja y no parecía importar. Nada importaba porque todo estaba en otro lugar. Gilbert estaba recortando soldados de papel y yo estaba observando a Harold pintar el collar del perro de amarillo y estábamos sentados a la mesa redonda de la sala de estar y estábamos esperando a que llegara el tranvía, si iba en hora, a y diez, pero iba con retraso como siempre, dijo Gilbert.

¿Dónde está Gilbert? Tengo que irme y vaciar esta palangana y coger más agua limpia. Debo coger otra toalla. Pero no puedo dejarlo solo y estamos solos en su habitación. Este es su estudio. Hay un escritorio, con sus frascos de tinta y sus plumas y las tijeras que Gilbert cogió y que Gilbert devolvió, y yo dije: «Pero si aún no ha vuelto».

Aún no había vuelto, pero había estado cerca y algo había ocurrido, mientras el tranvía pasaba por delante de la casa. ¿Habían sido unos ladrones? Algo había ocurrido que solo pasa en los cuentos. *Las mil y una noches* tenía un dibujo de una mujer a quien le podían cortar la cabeza, pero no ocurría, porque seguía contándole nuevos cuentos al hombre del turbante, que era un turco (¿o dijeron que era árabe?). Este era un dibujo de ese libro o era el dibujo de la Biblia cuando desplegábamos la Biblia ilustrada sobre el suelo, antes de que pudiéramos leer lo que estaba escrito. Él estaba en las escaleras, también. En las escaleras, Él miraba y miraba y nunca cerraba los ojos y las espinas creaban grandes gotas de sangre corriendo por su cara y Mamá pensó que era un hermoso Guido Reni.

Harold estaba ahí, él sujetaba la palangana. Yo no conseguía quitar la sangre espesa de la barba de mi padre. Tiraba como el pelo de mi muñeca cuando se enreda. Si el agua estuviera caliente, quizás podría quitarle la sangre espesa de la barba. Quería agua caliente y quería una toalla limpia, pero si salíamos a por más agua, entonces se quedaría solo. No puedes dejarle solo, con esa mirada fija.

Mira hacia la estantería donde tenía su *Guerra y Paz* y *Los miserables* de Victor Hugo y algunos libros alemanes en alemán. Esos eran sus libros de leer (sus otros libros están por toda la pared, al otro lado de la mesa) y su *Roma* de Gibbon. He intentado leer esos libros porque tienen cubiertas marmoladas como canicas, con azul oscuro en la parte de atrás y triángulos de azul oscuro en las esquinas; él dijo que podía leerlos, pero no llegué a leer mucho de *Roma* de Gibbon.

Está mirando hacia las puertas de cristal de la estantería, es parte de un escritorio viejo, hay un cajón en el escritorio que se abre; dentro de él, guarda su pistola. «¿Alguna vez has disparado a alguien?». Dijo que no que él supiera, pero ahora algo o alguien le había disparado o golpeado, como un indio con un *tomahawk*. Podías ver que algo le había golpeado. Si sigue mirando a la puerta de vidrio de las estanterías, sobre el escritorio viejo, donde guarda su pistola en su cajón, tendré que moverle la cabeza hacia otro sitio, no puedo tenerlo mirando hacia una cosa así. Si cerrara los ojos, sería mejor, sería mejor incluso si se cayera, pero no seríamos capaces de levantarlo; ¿los hombres muertos se sientan en sillas?

Atravesó caminando la luz brillante de la puerta abierta y yo dije «¡Papá!» y él no dijo nada. Lo que él dice, cuando yo digo «Papá» es «pequeña» o *«Töchterlein»*, y cuando le tomo de la mano, su mano se cierra alrededor de la mía, y sostiene mi mano casi demasiado apretada a veces e incluso me llama hija.

Entonces Ida estaba allí, dijo: «¡¿Qué?!». La vi junto a la puerta, dijo: «¿Cómo? ¿Qué?». Se fue. Llevaba el pelo recogido, se lo enrolla alrededor de la cabeza, se lo suelta frente a un espejito en su habitación y hace dos largas trenzas con él, pero no se lo había soltado; posiblemente pensé que estaba en la cama, pero en realidad no pensé en ella; ahora estaba ahí. Se fue. La puerta que daba al ala se abrió y Eric y el señor Evans estaban ahí; ahora vi por qué Gilbert se había ido, había ido a buscar a Eric y al señor Evans. Ida regresó, llevaba más toallas, me dijo: «Vete, vete», ¿qué quería decir? Tenía un cuenco, era uno de los cuencos grandes de porcelana, hay muchos y todos hacen juego; tenía agua en el cuenco, pero nosotros habíamos hecho todo eso; Harold aún sujetaba la palangana. Ella dijo: «Déjalo, yo me ocupo de tu padre», como si viniese a tomarse su café de la noche, o algo; se puso delante, no podía ver a Papá. Eric y el señor Evans se quedaron ahí en medio.

Ahora yo estaba ahí de pie intentando alcanzar a Papá, pero ellos dijeron: «No pasa nada».

El señor Evans dijo: «Niños, id por ahí», ¿adónde íbamos a ir? Ahora Mamá estaba de pie junto a la puerta. Ella dijo: «Charles». Es lo único que dijo.

Llevaba un pañuelo de encaje o un chal de encaje sobre la cabeza, como suele hacer cuando no lleva sombrero, cuando sale por la noche. Llevaba encaje negro sobre la cabeza como la mujer del interior de la tapa de la caja de puros que Papá me regaló. Guardó dos cajas y nos las regaló a la vez; la mía tenía a la mujer del chal como Mamá y la de Gilbert tenía un hombre con un gran sombrero con una corrida de toros en pequeñas imágenes alrededor del borde, en el interior de su caja de tabaco.

Eran cajas de puros, había algo escrito en español, él dijo que eran de Cuba.

Había guardado las dos cajas y le dio a Gilbert la del hombre y a mí la de la señora. Quizás Harold era demasiado pequeño para una caja.

Nunca, hasta ahora, me he preguntado qué le regaló a Harold, pero quizás era demasiado pequeño. Esto fue en la casa antigua, recortábamos dibujos para las tarjetas de San Valentín y los guardábamos en las cajas, después guardamos petardos en las cajas. Él siempre nos regalaba sus cajas. Ahora debo haber recordado la caja por la señora con el encaje en la cabeza, y las pequeñas imágenes eran de flores rojas y blancas y había un borde dorado alrededor de todo el dibujo del interior de la tapa, como una tarjeta de San Valentín. Era igual.

Él fumaba un cigarro después de cenar, a veces, o cuando venían profesores a charlar, pero prefería su pipa. El cuenco con el tabaco estaba en la parte de arriba del mueble con cajones que recorría la pared junto a su mesa. Mandó que los hicieran para su estudio, antes de que viniésemos aquí. Nos dejó mirar los planos con el arquitecto, que vino desde Filadelfia con los planos para la casa nueva, y él sacaba su pluma y hacía una marquita aquí, una puerta aquí o un armario bajo las escaleras. Esta era esa casa.

Lo habíamos observado dibujar un cuadrado para la puerta extra en el vestíbulo que salía al campo que ahora era el huerto, desde que plantaron los perales. Habíamos visto el plano para esta habitación, la ventana doble que daba al huerto, las estanterías construidas para sus libros y los almanaques náuticos que estaban al otro lado de la mesa; estaba el sofá donde se echaba por las tardes, a veces, cuando había estado trabajando por la noche. Estaba la puerta donde estaba Mamá de pie con el encaje sobre la cabeza, estaba la puerta que daba al ala, que se había abierto un poco cuando Gilbert salió, y que se abrió por completo cuando el señor Evans y Eric entraron.

Gilbert debió de bajar corriendo las escaleras del ala para llegar allí el primero. A eso es a lo que había ido (quizás incluso al observatorio o a la casa de tránsito), no nos había dejado solos en realidad, pero Harold y yo estuvimos solos durante mucho tiempo.

Ahora no estaban diciendo :«¿Dónde encontraste a tu padre?». No preguntaron: «¿Quién lo ha encontrado?». No dijeron: «Pero este es tu padre, ¿estabas sola con tu padre? ¿Le has lavado la cara? ¿Quién trajo la palangana? ¿Quién sujetó la palangana? ¿Quién le limpió la cara?». No dijeron nada de eso, porque ahora Ida había extendido una toalla sobre su abrigo, como si fuera el barbero, y estaba presionando con sus manos alrededor de su cabeza.

Nadie dijo: «Pero, ¿quién lo encontró?». Dijeron: «Vete, vete». Mamá no nos miró, estaba mirando a Papá. No dijo: «Hijos míos, ¿quién ha encontrado a vuestro padre?».

Lo que hicimos fue sentarnos en el sofá del cuarto de estar. El vaso de la pintura estaba sobre la mesa y el pincel donde Harold lo había soltado cuando corrimos afuera, y estaba la caja de zapatos con los soldados de Gilbert. Ahora oía el tic-tac del reloj. No lo había oído durante mucho tiempo, pero incluso debió de dar la hora porque Mamá había vuelto y el tranvía solo pasaba una vez cada hora. No oí el reloj dar la hora. Ya había pasado mucho tiempo desde la hora de acostarse. Gilbert se sentó en la parte de arriba del sofá, y yo estaba a su lado y después Harold. No nos dijimos nada.

Eric y el señor Evans entraron, dijeron algo de una «conmoción» y se preguntaban con qué rapidez podría llegar el doctor. ¿Quién había ido a buscar al doctor? Uno pensaría que sería Eric o el señor Evans, quizás mandaron a Annie a buscar al doctor. ¿Dónde dormiría el bebé esta noche? ¿Qué era una «conmoción»? ¿Llevaba mucho tiempo ahí fuera? Quizás había llegado en el tranvía anterior. ¿Había ocurrido una hora antes? ¿O solo ocurrió cuando ocurrió? ¿Se habría caído del tranvía? ¿Habría intentado alguien matarlo? ¿Estaba muerto? ¿Cómo iban a llevarle arriba? ¿Qué estaba haciendo Mamá? ¿Qué es *conmoción*? Alguien tenía que preguntar, pero no sabía si sería yo o Gilbert.

«Sí, sí, sí», dijo Eric, muy rápido, todo en una sola palabra, como si se estuviera contestando a sí mismo «sí, sí» en voz baja. Se quedó ahí y el señor Evans dijo: «Conmoción cerebral y tiene rota la clavícula».

¿Por qué se quedaban ahí hablando? ¿Por qué no hacían algo? ¿O había ido Annie a buscar al doctor? ¿Qué estaba haciendo Mamá a solas con él?, ¿lo habían llevado arriba?, ¿cómo lo llevarían arriba?

«Sí, sí, sí», decía Eric una y otra vez, se palpó el bolsillo en busca de un paquete de tabaco y lo sacó y lo tiró sobre la mesa. El pequeño paquete de cigarrillos de cartón gris doblado yacía sobre la mesa. Estaba sobre el dibujo del perro con el collar rojo. Alguien debería decir algo. Gilbert se puso de pie y cogió el paquete: «Queda un cigarrillo, Eric, has tirado un cigarrillo». Eric dijo «Sí, sí, sí», y tomó el cigarrillo y no lo encendió.

Gilbert había cogido el paquete de cigarrillos y había dicho: «Eric, has tirado un cigarrillo», y no esperábamos que Harold dijese nada así que yo debo decir: «¿Qué es *conmoción*?».

Gilbert estaba sentado de nuevo y yo dije: «¿Qué es *conmoción*?».

Oí mis palabras y la forma en la que dije la palabra que nunca había oído antes y ahora lo sabríamos. Sería algo que le hacía mirar fijamente la puerta de vidrio de la estantería y no decir nada. Era algo que tenía que ver son su cabeza. «Conmoción cerebral», había dicho el señor Evans. Quizás significaba que se volvería loco y no hablaría nunca más, o quizás significaba que iba a morirse.

El señor Evans se giró como si no nos hubiera visto.

—¿A qué estáis esperando? ¿No es hora de que os vayáis a la cama? —dijo.

Estábamos ahí en fila, y Eric hacía girar el cigarrillo entre sus dedos, y entonces se le cayó. Yo esperé a que Gilbert lo recogiera, pero no lo hizo.

—Eh, hum... Eehh... —dijo Eric, de esa forma en la que habla—, no es... No es...

No dijo «no es peligroso», no dijo «no es nada» porque él no dice mentiras. Él no nos miente, nos compraba *Puck y Judge* que son historietas divertidas y Mamá dijo: «No debes gastarte todo tu salario a principio de mes en los niños, necesitas calcetines nuevos», pero él seguía comprándonos *Puck y Judge* y un tomo encuadernado de *San Nicolás,* aunque no fuese Navidad ni el cumpleaños de nadie.

Me compró un *Mujercitas* grande que tenía más cosas sobre cómo crecieron y nos llevaba a dar largos paseos y encontramos una granja de violetas cerca de Overbrook. La gente de allí eran franceses y nos dejaron coger todas las violetas que quisimos, aunque no podíamos hablar con ellos. Intentamos entenderlos y ellos intentaron entendernos, y le decían *«pere?»* a Eric y Eric nos contó que sabía que eso era padre en francés y dijo: «No, no», que supimos que era igual en francés.

Nos invitaron a tomar café en su casita y tenían bandejas de madera planas para las violetas. Entonces Mamá dijo que debíamos coger algunas violetas más y estaba muy contenta y nos dio un dólar para comprarlas la siguiente vez; estaba demasiado lejos para ella para ir andando, pero ella no hacía más que contarle a las señoras de la universidad que venían de visita: «Imagínense, a unas millas, puedes ver los vidrios de las ventanas desde el porche cuando el sol incide sobre ellos, y los niños lo encontraron casi por accidente... Es una granja de violetas, tienen violetas dobles de Parma, los niños me compraron al menos una docena de tipos distintos de violetas sencillas y dobles, casi no saben hablar inglés, pero consiguieron que los niños comprendieran que pueden volver y coger violetas para llevarse».

Aquellos eran el tipo de ramos grandes que son tan caros en los escaparates de las floristerías de Walnut y Chestnut Street en la ciudad y que venden en ramos prietos en la calle, con papel plateado y alambre alrededor de los tallos, pero Mamá dijo: «Mira, están todos sueltos, qué tallos más largos, nunca he visto unas violetas tan bonitas».

Así fue, y dijo que las violetas eran su flor preferida pero también lo eran las rosas, porque su cumpleaños era el seis de junio.

Había pensado en los cumpleaños y en que todavía estaban muy lejos y así era, pero el cumpleaños de Mamá era en junio de modo que llegaría antes que los nuestros. El cumpleaños del bebé era el dos de mayo, pero yo estaba pensando en Gilbert y en Harold y en mí cuando recordé que siempre poníamos un mantel blanco sobre la mesa redonda donde estaba la caja de pinturas y extendíamos los regalos sobre ella.

La mesa de Mamá era fácil porque cubríamos sus regalos con rosas.

Eric dijo: «No sabemos exactamente, es decir, conmoción cerebral es... es cuando algo te golpea muy fuerte o ... te caes, y entonces la cabeza sufre un golpe muy fuerte...». Yo quería saber exactamente lo que era y podía ver que el zapato de Gilbert estaba dando patadas sobre el borde de la alfombra que no estaba muy lisa sobre el suelo. Si queríamos alisar la alfombra, tendríamos que levantarnos del sofá y levantarlo, para que la pequeña rueda pegada a la pata del sofá empujara y alisara la alfombra. No podíamos levantarnos del sofá, no podíamos movernos.

Estábamos congelados en el sofá, en fila, pero Gilbert mostraba que podía moverse, si quería, aplastando con el talón la alfombra, donde tenía un pequeño bulto, donde no se había quedado bien plana cuando Ida o Annie habían movido el sofá por la mañana cuando barrieron. Era más fácil, no obstante, que Gilbert diera golpes con el pie en el suelo porque tenía las piernas dos años más largas. Los pies de Harold estaban rectos y estaba sentado muy tieso, como si le estuvieran tomando una foto.

Yo no podía patear la alfombra, aunque mis pies llegaban a la alfombra, pero me eché hacia atrás para que quizás Harold sintiese que no estábamos esperando con tanta intensidad y quizás entonces Harold también se reclinaría.

—Es así –dijo Eric–, si un hombre se cae...

—¿Entonces se cayó?

Era yo quien hablaba. Gilbert estaba muy ocupado apretándose la rodillera de piel sobre su media negra, que no necesitaba apretarse.

—No... No lo sabemos...

Entonces el reloj sonó como un martillo con clavos y el señor Evans dijo: «Quizás tu padre resbaló, mientras bajaba del tranvía, o quizás el tranvía reculó inesperadamente; debería haber una farola en la verja, para empezar. Es bastante evidente que tu padre resbaló, que se le resbaló el pie».

Papá no era de esos. No era el tipo de persona a quien se le resbala un pie.

El señor Evans se acercó a la ventana y después volvió. Gilbert se deslizó fuera del sofá.

El señor Evans dijo:

—Tomaré el farol y saldré a ver si... —se detuvo.

Gilbert dijo:

—Iré con usted. Perdió su sombrero.

—No —dijo el señor Evans—, tú espera con los niños. Solo voy a salir a ver si puedo encontrar algún rastro... Quiero decir, Eric, ¿sabes si se llevaron la cartera o el reloj?

—No he mirado —dijo Eric.

—Su cartera está en el interior de su abrigo, o a veces en su sobretodo —dijo Gilbert—, y el reloj está en el bolsillito del reloj.

—¿Lo viste ahí? —dijo el señor Evans.

¿Cómo podía haberlos visto Gilbert?

—No, no, quédate aquí —dijo el señor Evans porque Gilbert iba hacia la puerta y ya estaba en el vestíbulo, pero regresó.

—Dejaron su sobretodo en el banco del vestíbulo —dijo Gilbert, y el señor Evans salió y volvió con la cartera negra de Papá y la dejó en lo alto del piano.

—Está bien.

Estaba pensando y nosotros sabíamos que estaba pensando: «Bien, entonces no fueron unos ladrones», pero ¿en qué mejoraba la situación? Sería casi mejor pensar que habían sido unos ladrones, que habían golpeado a Papá por algo, que había algún tipo de razón para aquello, no solo esta espera y este preguntarse qué era una conmoción. El señor Evans volvió al vestíbulo, abrió la puerta principal y escuchamos sus pasos bajar los escalones del porche.

Sus pies bajaron los escalones, el farol estaba en el vestíbulo del ala.

Podía ir al vestíbulo del ala atravesando el estudio de Papá que tenía esa puerta que daba al ala.

No atravesó el estudio de Papá. Había bajado los escalones del porche. Luego torció por la rocalla, en la esquina entre el porche y el sendero que iba del ala a la entrada. Si escucháramos, podríamos oír cuando abriera la puerta, pero no lo oímos.

Gilbert daba vueltas como si no pasara nada y entonces quitó la tapa de la caja de zapatos de sus soldados donde estaban apilados. Solo quitó la tapa y agitó la caja, de la forma en que suele hacer para que se aplanen los soldados de papel, y los apretó con las manos, como hace para que no ocupen tanto espacio, y yo me levanté y caminé un poco.

Íbamos a caminar alrededor de la habitación e íbamos a coger un libro de la estantería que había hecho Papá. La estantería estaba en la pared, sobre el sofá. Papá tenía ahora su banco de trabajo y su sierra y su martillo y herramientas en el sótano. «Es una sala de trabajo perfecta», decían las señoras de la universidad cuando les enseñaban la casa, «y muy cálida con ese horno enorme». Había unas ventanitas altas en el sótano y era como una gran habitación con las ventanas pequeñas en lo alto. El suelo era de cemento, Eric dijo que el suelo era de cemento. Era duro, pero el sótano no estaba oscuro como el sótano de la casa antigua y ahí estaban los rastrillos y la azada, y teníamos la misma caja grande con la tapa, con nuestras cosas de limpiar los zapatos dentro.

Papá hizo la estantería de encima del sofá, también estaba barnizada. Era mobiliario William Morris, dijo la señora Schelling, fuese eso lo que fuese, y me hizo un banco para mi habitación así, y también hizo una mesa de madera para el porche.

Íbamos a caminar por la habitación. Gilbert ya había empezado, íbamos a hacer las cosas como siempre las hacíamos, así que dije: «Harold, tiraste el pincel al suelo, ¿te has dado cuenta?». Y Harold se bajó del sofá y recogió el pincel y recogió el cigarrillo de Eric.

Se quedó mirando el cigarrillo, como si no supiera qué hacer a continuación, pero Gilbert había cogido la caja de zapatos y la estaba agitando para que los soldados de papel ocuparan menos espacio, porque la tapa se levantaba un poco cuando la caja estaba cerrada y se caería si no la ataba con una cuerda o conseguía una goma elástica grande de la mesa de Papá. Iría y le pediría una goma grande a Papá para su caja de soldados de papel, todo sería así, pero Harold tendría que decir o hacer algo, porque solo estar ahí quieto no era hacer lo que estábamos haciendo.

Es decir, estábamos protagonizando una farsa o un juego de charadas, donde actúas las palabras. Pero a Harold había que forzarlo un poco, como con Laddie y Georgine cuando nos obligan a incluirles en nuestros juegos. Solo que Harold es mayor y Harold no es un niño tonto, aunque Mamá sigue diciendo que está preocupada porque habla muy poco. Pero ¿por qué iba a tener que hablar Harold?

—¿Qué es eso? —le pregunté a Harold como si no lo supiera—. Ah, es el cigarrillo —dije—. Mira, Eric, es el cigarrillo que has perdido. Hemos encontrado el cigarrillo que has perdido.

Ahora Eric también entraría e interpretaríamos esta charada igual que lo hicimos en esta sala, con el público sentado en la otra habitación, que era la salita, o la gente llamaba salita a lo que ahora llaman la sala de visitas. Las puertas dobles podrían cerrarse, así que cuando jugábamos a las charadas cerrábamos las puertas dobles y nos preparábamos la palabra, después las abríamos.

Después las dejábamos abiertas donde la *Feria del caballo* de Rosa Bonheur estaba sobre un caballete y el cuadro que Mamá pintó de *Will ow Eddy,* que era un lugar del antiguo río donde solía ir con el primo Ed y la prima Ruth y donde una vez fue a ver a una pitonisa gitana.

Eso fue hace mucho tiempo y fue antes de que Mamá se casara con Papá.

Eric tomó el cigarrillo.

Luego Eric miró el cigarrillo.

A menudo me preguntaba qué le dijo la pitonisa a Mamá, todo lo que le dijo, me refiero; Mamá dijo que la pitonisa le dijo que tendría un niño con un don, pero Mamá siempre les dice a las mujeres de la universidad cuando hablan sobre el tío Fred y el coro Bach de Bethlehem: «Es curioso que los niños no tengan ningún don».

Ahora, si Eric estuviera jugando a las charadas, encendería su cigarrillo. Ahora no podía decirle a nadie qué hacer, pero esperé y él vio que estaba esperando.

La pitonisa dijo que la prima Ruth no se casaría con Sammy Martens y la prima Ruth se enfadó, dijo Mamá, y Sammy Martens se fue a Pittsburgh donde su tío trabajaba en la acería de allí, y la prima Ruth nunca se casó con nadie. La pitonisa, dijo Mamá, le había dicho que ella se casaría con alguien; sería alguien con un don (o algo le dijo de un don) o sería un extranjero rico, pero yo no sé quién era ese, y mamá no nos habló de ningún extranjero que conociera que hubiera venido a Bethlehem y que fuera rico y que se hubiera ido; quizás era alguien de la acería, porque la gente siempre venía a hablar con el tío Hartley desde Pittsburgh.

Eric metió la mano en el bolsillo de su abrigo y encontró la caja de cerillas. Gilbert se levantó y cogió el cenicero verde plano de la repisa.

Ahí están el Chico y la Chica; en el vestíbulo, están el Viejo y la Vieja; Mamá trajo al Chico y la Chica también de su luna de miel. La Chica tiene la falda arremangada y ambos tienen las piernas desnudas y son el pescador y la pescadora. El Chico tiene una red en un palo, como para cazar mariposas, sobre el hombro, y la Chica lleva una cesta y hay dos cabezas azules de pescado que asoman por la tapa de la cesta.

Eric dejó caer la cerilla en el cenicero verde plano, y Gilbert dejó el cenicero sobre la mesa y Gilbert dijo: «¿Dónde está el nuevo ejemplar de *San Nicolás,* Hilda, dónde pusiste el nuevo *San Nicolás*?

Yo estaba observando a Eric para ver si el cigarrillo estaba realmente encendido, pero lo estaba y él fumaba, y miró a Harold como si acabara de verlo y miró a Gilbert, y luego dio una calada al cigarrillo, miró alrededor de la habitación y entonces dijo: «Gracias, Harold», y luego dijo: «Gracias, Gilbert, gracias»; dijo: «Sí, sí, sí» como hace siempre, todo en una palabra y dijo: «¿Qué estáis haciendo? ¿Qué estás pintando, Hilda?».

Presionó en la mitad del libro para dejarlo plano con la otra mano y volvimos al dibujo del perro con el collar y el payaso con el aro y la mujer que estaba de pie sobre un caballo sobre un dedo del pie a punto de saltar a través de un aro. Esto era un circo y nosotros habíamos ido al circo; cuando llegamos por primera vez a Filadelfia, Papá nos llevó a un circo; había una mujer en una jaula con leones, vestida como el príncipe de mi antiguo libro de los Grimm y disparó una pistola y dijo «¡hey, hey!», y sacudió el látigo y volvió a disparar la pistola y los leones saltaron por la jaula, pero Papá dijo que era imposible que se la comieran, eran leones viejos, se dio cuenta y se rio porque nosotros pensamos que se iban a comer a la mujer.

—Está seco —dijo Harold.

—Sí, sí, ya lo veo —dijo Eric.

Yo dije «lo hizo hace mucho tiempo, lo hizo antes de que...» y justo recordé el golpe en el porche delantero y cómo Gilbert devolvió las tijeras al escritorio y cómo yo estaba pensando que qué bien que Annie no hubiera venido a decirnos que nos fuéramos a la cama.

Gilbert estaba observando a Eric pasar las páginas, ahora Eric pasaba la página de los niños pescando sobre el puente y el molino con la barca y dijo: «Es una barca muy bonita... Yo... Eh... tenemos que ir de excursión al río algún día, me refiero al río Delaware» dijo. «Podríamos tomar uno de esos barcos de vapor de los muelles del final de Market Street, podríamos hacer una excursión de un día. Hay un barco de vapor, me ha dicho el señor Evans, que va río abajo y llega hasta Cape May».

—¿Qué es Cape May? —dije yo.

Y él dijo:

—Es el nombre de un lugar, está en Nueva Jersey, en la costa.

Gilbert dijo: «Como Point Pleasant donde fuimos una vez», y Eric dijo, sí, eso; él no había ido a Point Pleasant, pero era lo mismo, había mucha arena y conchas y podías caminar durante kilómetros junto al océano y siempre había un lugar donde podías comprar globos, pensó, pero no estaba seguro de poder conseguir cacahuetes, dijo. Dijo que los cacahuetes crecían en Nueva Jersey, que había granjas de melocotoneros y dijo que las cosas en Nueva Jersey crecían como melones porque era muy arenosa, y encontraríamos un lugar y compraríamos una sandía; dejó caer la ceniza sobre el platillo verde.

—Déjame pensar —dijo—. No podemos ir todavía, iremos en cuanto comience la temporada de barcos de excursión; podríamos incluso tomar un barco a Baltimore.

*I had a girl in Baltimore* era una canción que solíamos cantar.

Nellie era una chica y Eric iba a casarse, pero cuando dijimos, cuando él estaba afeitándose en el cuarto de baño de la antigua casa: «¿Cómo es Nellie, cómo es Nellie?», y nos sentamos en el borde de la bañera, él dijo: «Yo no...», y giró la cara para que le diera la luz del lado de la ventana, donde se estaba afeitando.

Esperamos a que se quitara el jabón de la barbilla, y esperamos a ver qué decía, pero no dijo nada así que «*I had a girl in Baltimore*, Nellie, Nellie, Nellie» comenzó a cantar Gilbert con la música que no era, estaba cantando cualquier cosa y ya.

Entonces Eric se volvió ya sin el jabón en la cara y estaba secando la cuchilla en la toalla y tomó otra toalla y se secó la cara y vimos sangre en la toalla.

—Te has cortado —dijo Gilbert.

Eric dijo «sí, sí, sí» y entonces dijo «¡maldita sea!», que no era exactamente una palabrota, pero Mamá decía que no debíamos decirlo. Gilbert golpeó los talones contra la bañera, sujetándose con las manos, pusimos nuestro pato de lata, el pez de lata y el barquito de lata que no es más grande que el pez, el cisne de lata y la rana de lata en esa bañera. Teníamos la ventana abierta y soplábamos las burbujas de jabón por la ventana hasta que alguien quería entrar. «Niños, os he dicho que no debéis cerrar la puerta con pestillo y jugar aquí», decía Mamá, así que no debíamos cerrar la puerta con pestillo.

Eric se llevó el pañuelo a la cara como si le dolieran las muelas; le gritamos: «¡Nellie, Nellie, Nellie!» de nuevo, y él miró el pañuelo y no se lo guardó y tenía un corte en la barbilla, pero ya no sangraba mucho, y dijo con una voz distinta: «Agradecería mucho que no... Que no volvierais a hacer bromas sobre Nellie, o a mencionarme a Nellie nunca más».

Y luego se fue, tomó su abrigo y salió a lo que fuera que iba a hacer.

Eric estaba hojeando el libro y llegó a la página del huerto y la vaca en el huerto. Tenía manchas como el poni del dibujo del circo. Era como aquella época terrible, de la que nunca le hablamos a nadie, en que íbamos a una granja en el campo y era una granja grande con una anciana y un establo y cerdos y unas seis vacas y un toro atado y gallinas, y la anciana dijo que podíamos darle de comer a las gallinas.

Lo que pasó fue que Papá y Mamá se iban a la Feria Mundial, pero decían que nosotros también teníamos que pasárnoslo bien; así que lo hablamos y lo hablamos y pensaron que Point Pleasant estaba demasiado lejos y que sería mejor que Ida nos llevara a un lugar más cercano, donde su prima tenía una casa; era una granja grande, escribió el primo Clarence, tenía allí una pequeña iglesia, dijo Mamá, y él cuidaría de nosotros.

Así que fuimos y miramos la granja y la anciana dijo que estaría bien tener niños por allí y que la ayudaríamos a dar de comer a las gallinas.

Después regresamos a la estación donde la prima de Ida tenía una casita de ladrillo caliente cerca de los raíles de la estación, Ida dijo: «No creo que queramos ir a esa granja, es sucia, no queremos ir ahí. Este es un sitio bonito y Gilbert puede jugar con Fritzie y tú y Harold estaréis muy contentos. Este es un sitio bonito, la señora Scheneider dice que nos podemos quedar aquí», y era terrible y yo no sé qué ocurrió que teníamos tanto calor y la señora siempre estaba enfadada y se iba y se sentaba con Ida en las mecedoras y siempre decía: «Fuera de aquí, no me molestes», y Gilbert salía con Fritzie, que nunca nos dejaba montar en su caballito de cartón, a coger ranas, y Harold y yo teníamos mucho calor y no había nadie con quien hablar, pero el primo Clarence vino y nos llevó a ver a gente agradable que nos dejaba sentarnos en su porche y que tenían manzanos.

Era esperar y esperar y decir todos los días: «¿Nos han mandado una carta?». Y la señora que era la madre de Fritzie decía: «Quizás vuestro padre y vuestra madre os enviaron aquí para deshacerse de vosotros, pero yo no os quiero, no vayáis a pensar que os quiero»; la vi contar billetes verdes de dólar con Ida. Y pensé, ese es el dinero que Papá nos dio para ir a la granja e Ida estaba contando dos montones de dinero y cada una tenía un montón y quizás era verdad, quizás habían ido a la Feria Mundial y no iban a volver nunca, pero tenía miedo de preguntarle al primo Clarence porque la señora sonreía mucho y hablaba con él, y parecía amable y dijo que estaba encantada de tenernos y que era una pena pero que la granja que él había escogido para nosotros estaba demasiado lejos y que, de cualquier modo, la anciana señora Apfelholzer no estaba deseando tener críos por allí; dijo: «No puede tenerlos allí», y eso era mentira.

Esta señora había dicho una mentira porque la anciana dijo que nos quería allí para ayudarle a dar de comer a las gallinas.

Ida no parecía ella misma y cuando por fin regresábamos a casa dijo «Dile a tu madre que te lo has pasado bien, ¿vale?», y me dio un cuarto de dólar.

Yo no sabía qué hacer, pero cuando Gilbert comenzó a decir que había ido a cazar ranas con Fritzie, yo no dije nada. Es algo espantoso que tu madre y tu padre se vayan a la Feria Mundial y no puedas escribir una carta y ni siquiera puedas leer una carta si llega e incluso si llega y puedes robarla y dársela al primo Clarence para que la lea. La señora que era la madre de Fritzie era la primera en coger las cartas y solo podíamos leer nuestros nombres en el sobre, pero se quedaba con las cartas.

No, en realidad no pensaba en todo esto cuando vi el dibujo del huerto de manzanos y la vaca, pero había ocurrido eso curioso que a veces ocurre, cuando hay un agujero en el suelo o una piedra del camino se desprende y la pisas y te caes y entonces dejas de correr y caminas alrededor de la piedra.

Es algo que ocurre a veces. Yo nunca se lo cuento a nadie, porque en realidad no sé de qué se trata, pero parecía que estaba ahí todo el tiempo aquel verano cuando estábamos en aquella casita de ladrillos caliente, con una flor horrenda llamada fucsia que la señora decía todo el rato: «No la pises», y no tienes ninguno de tus juguetes o tus libros porque íbamos a una granja donde había un establo y cerdos y vacas y gallinas y donde podríamos vivir como hijos de granjeros y donde dijeron que podríamos coger huevos.

El primo Clarence le había escrito a Mamá sobre ello y entonces esta señora dijo que la anciana Apfleholzer no quería tenernos y eso era un cuento; era una persona mayor que era prima de Ida diciendo una mentira.

El primo Clarence no sabía que era mentira y nos llevó a Harold y a mí a un lugar agradable a sentarnos en un porche y nos dieron limonada en vasos azules y nos dieron manzanas y dijeron: «Ojalá que os quedaseis aquí con nosotros», pero teníamos que volver a la casita calurosa y la señora dijo: «Pues no te lo comas», cuando no me gustaron las salchichas y los pepinillos, simplemente retiró mi plato y le dijo a Ida: «Así aprenderá».

Así que no comí nada y no se lo dije al primo Clarence.

Eric pasaba las páginas y dijo: «Habéis pintado casi todo el libro, ¿eh?».

Volvió a pasar las páginas deprisa y se veían los bordes de los distintos dibujos, y vi un trozo pintado de rojo o uno azul, o verde de la hierba de delante de la casa que se parecía a la casa de los Ashurst, donde había abejas alrededor del macizo de heliotropos.

Los trozos de color no calzaban y parecían pasar a toda velocidad, como cuando giras el caleidoscopio, así se llamaba, que desarmamos y eran piececitas de vidrios de colores y no pudimos volver a armarlo. Era como aquella caja vieja y redonda que estaba en la casa de la tía Millie, con la que jugaba Mamá cuando era pequeña. Ponías una tira larga de dibujos coloreados, los dibujos eran como los dibujos distintos de una tira larga de *Puck y Judge*, pero estaban todos en un trozo largo y no eran divertidos; eran una niña rodando un aro o un niño saltando con un pony sobre una valla, o una mujer, como la página del circo de este libro, saltando a través de un aro con el mismo tipo de ropa, o un hombre caminando con un oso hasta que se ponía de pie sobre sus patas traseras.

Los colores estaban separados y brillaban como los colores de este libro así que cuando Eric volvía las páginas rápido, era como estar tirada en el suelo con la caja redonda del giroscopio dando vueltas y vueltas. Después de un rato mareaba, mirabas a través de unas rendijitas que eran una sola cuando la caja iba muy rápido. Ahora era como eso.

Me agarré al borde de la mesa porque la caja iba muy rápido y recordaba solo un poco de color, el rosa y el rojo feo de las flores de fucsia que eran tan feas y el azul de los vasos donde nos dieron limonada, un color distinto en el vaso, y después la anciana, como una bruja buena con una escoba, que dijo: «Siempre he querido que los niños recojan los huevos, necesito niños en esta granja», y un dibujo de una bruja vieja con Hansel y Gretel, porque en realidad la vieja señora Apfelholzer (así se llamaba) no podía haber sido una vieja malvada en una casa sucia como ellas decían, sino que era la prima de Ida quien era mala y se repartía el dinero con Ida.

Vi el verde de los billetes de dólar mientras los contaban como quien cuenta cartas, pues éramos tres y se supone que íbamos a estar en esa granja mientras ellos estaban en la Feria Mundial en Chicago, para eso era el dinero.

Vi la burbuja de jabón en el árbol por la ventana del baño, pero aquella era una burbuja de jabón completa como un globo hecho de vidrio, como la montaña de cristal que escalaba la princesa, pero ella la escalaba con clavos.

Vi el rostro del hombre en las escaleras y que tenía la barba rizada como el pelo de mi muñeca, y Mamá dijo que si Papá se cortaba la barba ella le dejaría y todo el mundo se rio; yo no dejaría a Papá si se cortara la barba.

Eric no tiene barba.

Incluso la mesa gira como el giroscopio sobre el suelo del invernadero de la tía Millie que ya no es un invernadero, sino que guarda allí sus cosas viejas y cajas sobre los estantes donde antes había macetas.

La tía Jennie me dio un lirio oriental que plantas en un cuenco con piedras.

El cuenco que me dio la tía Jennie era azul y brillante, el mismo tipo de brillo que tiene el platillo verde donde Eric echa la ceniza.

Eric echa la ceniza en el plato, tira la colilla y esta echa humo junto a la cerilla.

Las cenizas se enroscan y yo sigo mirando el humo del cigarrillo.

Eric cierra el libro.

Gilbert está de pie junto al piano, mirando la cartera de Papá.

La mesa es redonda como una rueda enorme.

Había un hombre en el carro de la leche que me preguntó si quería dar un paseo, subiendo por Black Horse Hill, a casa desde la escuela, y yo dije «¡sí!» y me subí.

El caballo tiraba de la carreta de leche, subiendo la colina, y yo pensaba que era divertido dar un paseo en la carreta de la leche. Llevaban los carros temprano al mercado de Market Street en Filadelfia, y volvían a casa y dormían mientras el caballo ascendía Black Horse Hill. Las lecheras traqueteaban en la parte trasera de la carreta y el lomo del caballo se puso recto cuando llegamos a la cumbre de la colina. Allí estaba la granja Fetters en lo alto de la colina y el cruce donde se encontraban los tranvías, y la carreta dio un tirón y el caballo echó a correr.

Yo miré al hombre y vi que estaba..., que tenía..., y él dijo..., pero yo dije: «Me bajo aquí, vivo aquí», pero yo no vivía en la granja Fetters.

Pensé que quizás no detendría el caballo así que me deslicé y salté sobre la rueda que iba muy rápido y me quedé junto al cruce y vi al señor Fetters que sacaba algunas vacas del prado delantero y a la señora Fetters pelando guisantes en el porche.

Podía fingir acercarme a la valla de los Fetters, si el hombre miraba para ver adónde iba, pero no se detuvo. Vi la parte de atrás de la carreta y las lecheras traqueteando y me arrastré bajo la valla como para salirme de la carretera, y me fui a casa atravesando el prado, junto a la carretera.

La rueda era tan grande como esta mesa y esta mesa daba vueltas, pero quizás era el giroscopio o la pompa de jabón que soplé por la ventana. Una vez pensé que si tenía tres deseos, como ocurre en los cuentos de hadas, pediría que una pompa de jabón se quedase como es con los distintos arcoíris en ella y flotando sobre el peral, como un globo, pero en mi deseo nunca se rompería. Ese era uno de mis deseos.

Ahora no sé qué pediría, solo que la mesa no girase como aquella rueda cuando salté y que Eric nos llevara a una cabaña en el bosque y que tuviéramos *San Nicolás* cada semana en lugar de solo una vez al mes.

Gilbert me había preguntado dónde estaba el *San Nicolás*, pero yo no contesté y quizás lo estaba buscando en la pila de partituras y revistas del piano.

El señor Evans entró; tenía el reloj de Papá en la mano, dijo: «He encontrado el reloj del profesor y hay alguien dando la vuelta en la entrada, creo que es el doctor».

El señor Evans dejó el reloj junto a la cartera que Gilbert había vuelto a dejar sobre el piano. Gilbert cogió el reloj. «Se ha parado», dijo, «el cristal se ha roto y se ha parado».

Eric tomó el reloj de Papá y lo agitó, el señor Evans dijo: «Se detuvo a las nueve y cuarto, debe haber sido cuando...».

Se oyó un crujir de ruedas en la entrada y Gilbert fue hasta la puerta.

El señor Evans dijo: «Niños, pensé que estabais acostados».

La mesa dejó de dar vueltas.

—¿Qué es conmoción, señor Evans? —dije.

# CAPÍTULO 6
# **ESTRELLA DE LA MAÑANA**

—¿QUÉ es *conmoción*, señor Evans? —pregunté. Pero no pude oír lo que dijo porque hubo un rugido y entonces el suelo se hundió.

Se estaba hundiendo y yo me hundía con él, y esto era irónico y extraño después de todo lo que habíamos pasado. Ahora era irónico y de un extraño amargor porque era el 17 de enero de 1943 y habíamos hecho todo eso. Los papeles se quemarían, eso es lo que había dicho Mamalie, había dicho que los papeles se quemarían o que la quemarían a ella y ahora volvía todo de nuevo, ahora yo sería quemada y ya no importaba lo que hubiera ocurrido, solo que yo no quería ser quemada.

Me hundiría muy abajo y todos los terrores que yo tan cuidadosamente había mantenido amarrados durante los grandes incendios y el terrible bombardeo de Londres ahora se iban a desatar, porque no habíamos sufrido ningún gran ataque durante algún tiempo y se nos había olvidado cómo actuar.

No es que lo hubiéramos olvidado, porque Bryher había salido de su habitación y había apagado la luz y cerrado todas las puertas. Conté las puertas. «Hay siete puertas», dije, aunque, por supuesto, ya lo sabíamos. El vestíbulo es estrecho, adonde da la puerta principal. «Creo que abriré la puerta principal», dije, pero Bryher dijo: «No». Se sentó en una de las sillas del vestíbulo y encendimos la lamparita de mesa y yo dije: «Creo que abriré la puerta principal».

Entonces pensé: ¿sería mejor salir corriendo por la cocina hacia la puerta trasera hacia la salida de incendios o sería mejor salir por la puerta principal y bajar corriendo los cinco tramos de escaleras? En el vestíbulo exterior está la alfombra de rayas negra y beis y las ventanas cegadas a lo largo de la escalera y una luz amortiguada con pantalla azul que brilla en cada piso. El ascensor es inútil durante un ataque, pueden cortar la electricidad en cualquier momento. «Y ahí estará usted, señora», dijo el portero después de uno de los grandes incendios, «atrapada en el ascensor y quizás quemándose viva y nadie podrá llegar hasta usted».

El ruido era tan tremendo ahora que no podía oír lo que decía Bryher, pero estaba diciendo algo. Se levantó de su silla y dio unos pasos sobre la alfombra de estampado rojo y gris y se quedó de pie junto a mi silla. No me moví. La silla podía venirse abajo también, como si ambas estuviéramos en un ascensor, un elevador, y seguiríamos cayendo y cayendo. Pero ahora el suelo estaba nivelado y yo no me hundía.

Ella no me estaba gritando, pero hablaba con cuidado. Podías ver en su cara que tenía miedo de que yo tuviera miedo. Yo tenía miedo. Tenía miedo. Lo dijo de nuevo, y entonces oí sus palabras a través del ruido continuo de los ladrillitos; los ladrillos seguían rodando y golpeando unos contra otros y ahora había un silencio terrible y era peor que el rugir de los cañones. «No es nada», dijo ella, «son solo unas prácticas». Yo sabía que no eran unas prácticas.

Sabía que el muro de fuera (no el nuestro) se había desplomado. «Al principio pensé que había sido nuestro muro», dije, «porque está tan cerca. Pensé que había sido nuestro propio muro». Ella dijo: «No, no es un muro». No gritó, pero su rostro, como una máscara, repetía las palabras. Vi la forma de las palabras y la forma en la que mantenía el rostro tranquilo. Entonces oí las palabras: «Es nuestro nuevo cañón».

Los ladrillos rodaban y ahora estaba todo en silencio, pero de repente volvió el mismo rugido terrorífico, y la tremenda explosión y los muros temblaron, pero las puertas no se abrieron, empujadas por la repercusión de la explosión, como había ocurrido a veces. Así que no estaba tan cerca ni se estaba acercando; en cualquier caso, lo que fuera que ella dijo se fue con aquello y yo había perdido la capacidad de abstraerme, de estar fuera de allí.

Había aprendido un truco, tumbada en la cama, a través de la puerta cerrada, a menos de tres metros de mi codo derecho. Había sido, me había sentido, como en un barco: yo estaba acurrucada y cómoda en mi catre, mi cama era como un catre puesto contra la pared, en la esquina, con el muro exterior en mi cabeza. Entonces, el rugido de las alas y el ligero temblor de las paredes eran como la vibración que sientes en un gran transatlántico, y yo me encontraba en un gran transatlántico y el barco podía o no hundirse. Y entonces llegaba el momento en que me sentía segura tumbada y no me importaba lo que le ocurriera a la imagen congelada de mí misma tumbada en la cama, porque había una imagen de mí más fuerte; al menos no me veía a mí misma, pero era yo, tanto con atributos de pura abstracción o de días y lugares que me habían rodeado durante mi niñez, o a veces, al parecer, como en una de las enormes catedrales de Italia o en la pequeña colmena que era una diminuta iglesia bizantina en las afuera de Atenas, que era en realidad la tumba colmena del prehistórico rey Agamenón, en las afueras de Micenas, o si era la cúpula de una tumba mahometana sobre las arenas de Egipto que se elevaba más allá de las gigantescas columnas de los templos, o ..., fuese lo que fuese, ahora toda la riqueza acumulada del ser y su impresión se hundirían con el barco que subía y bajaba.

Pero era solo mi silla y nunca grité, nunca me desmayé, ¿por qué seguía Bryher ahí de pie? Ella me mira. Su rostro es tan estático y frío como una máscara china, pero blanca, no amarilla; nada de rostros marrones ni dorados. Debería haber rostros de bronce y rostros marrones y dorados, debería haber un encuentro... ¿Qué era aquello que Mamalie había intentado contarme?

Ahora Mamalie estaba hablando y sonaba el repiqueteo de las anillas de la cortina cuando las cortinas se movían un poco hacia dentro. No era una tormenta, no, era una estrella que iba a caer sobre la casa. Era una estrella fugaz que iba a caer sobre la casa y a quemarnos a todos, a quemarnos vivos a todos. Bryher todavía me está mirando; ella no sabe por qué soy capaz de sentarme aquí. Estoy sentada aquí porque hay una estrella, Mamalie me habló de ella. Había una promesa y había un don, pero parece que la promesa se rompió y parece que el don se perdió. Por eso, ahora, en este momento, hay un rugido fuera que, quizás esta vez, hará estallar mi cabeza, despedazará mi cerebro, y todas las cajitas que han sido las habitaciones en las que he vivido, de las que he entrado y salido, caerán, caerán... No hace falta que me lo repita. ¿Por qué me dice una y otra vez, si es verdad, que el sonido de los ladrillos cayendo es el sonido de nuestras propias armas?

—Es el sonido de nuestras propias armas —dice de nuevo.

—De acuerdo —digo—, está bien.

Vi, comprendí... un recuerdo de mi abuela o de la abuela de mi abuela..., un pergamino perdido, el terror que llevó de vuelta finalmente a las flechas salvajes, ardientes y envenenadas.

Esto, pude recordar, dejaba pasar imágenes de forma continua y sigilosa a través de mí. Cuando el terror estaba en su punto álgido, en la otra habitación, yo podía dejar que las imágenes y los dibujos fluyeran a través de mí, y podía comprender a Anna von Pahlen que había sido la inspiradora de las reuniones en Wunden Eiland cuando el rey sin bautizar de los Shawanese ofreció a su única y amada esposa a la Hermandad; lo vi todo claramente.

Recordé cómo mi mente, después de cierta pausa de tensión y terror, había cambiado, de hecho, a otra dimensión donde todo estaba claro, donde la gente se movía vestida como en su época, volvía a pensar en sus antiguas opresiones en Europa y planeaba una poderosa comunidad secreta que agruparía los antiguos secretos de Europa y los antiguos secretos de América en una única unión de poder y espíritu, una hermandad unida, una *Unitas Fratrum* del mundo entero.

Esto no había funcionado, pero podría haber funcionado y funcionaría, había pensado yo, si pudiera seguir la pista a través del laberinto de recuerdos asociados. Pero yo solo recordaba que había tenido este poder, el poder había desaparecido; era una mujer de mediana edad, destrozada por los miedos de la tensión y el terror, y ahora me sentaba en una silla y solo recordaba que me había visto atrapada en una visión de poder y de paz y que había recordado las palabras de mi abuela con exactitud.

Me había llamado Agnes y me había llamado Lucy.

Yo era Lucy, yo era esa Lux o Luz, pero ahora la luz se había apagado. No había siquiera una velita, aunque la lámpara sobre la mesa junto a mi codo brillaba con un resplandor suave. En los viejos tiempos, yo tenía una bolsa preparada, empaquetada con unas cuantas posesiones preciadas, pero ahora no tenía los zapatos puestos, solo un par de gastadas zapatillas de andar por casa y había dejado mi pañuelo entre el reposabrazos acolchado y el asiento de la silla de la otra habitación y no podía irme así. Debía, si era posible, pasar por esto, pero no podía seguir con ello, y no podía completar la tarea sobrehumana de traer de vuelta lo que se había perdido, para que la Promesa fuera redimida y el Don restaurado. El Don era el Don de la Visión, era el Don de la Sabiduría, el Don del Espíritu Santo, el *Sanctus Spiritus;* en realidad, era el mismo Espíritu que el pueblo de Paxnous adoraba, en cierto modo con el mismo ritual que aquel de los iniciados de Wunden Eiland.

Podía visualizar el peor de los terrores, podía verme a mí misma atrapada en la caída de los ladrillos y podía empalarme en una enorme viga, sin remedio. A muchos les había ocurrido. Moriría quemada.

Podía pensar en términos de una niña con crinolina, no podía visualizar la civilización de otra manera que no fuese un árbol de Navidad que había prendido en llamas.

Había existido un arbolito de Navidad aquí sobre la mesa, donde ahora estaba la lámpara. Fue el primer árbol que habíamos tenido desde la guerra «de verdad» y las frágiles bolas de cristal, de las que me vanagloriaba, habían resistido el choque y la reverberación del acero y las bombas. «Estas bolitas», había dicho cuando las desenvolví del revoltijo de espumillón y trocitos de papel de seda, «son simbólicas», dije, mientras deshacía un trozo de papel de seda verde de una estrella. «Mira esto, está tan brillante como siempre y esta manzana de vidrio no se ha roto».

Pero... me mataban la tensión y el cansancio y la desesperación y los valores distorsionados y el tono agudo y la fuerza, que sin duda alguna habíamos demostrado que poseíamos. Yo había superado la llama, había tenido mi iniciación, estaba harta de todo aquello. Ya había ocurrido todo antes. Las palabras golpeaban mi cerebro para salir, no golpeaban como pájaros bajo los techos de alambre de la jaula o atrapados en redes. ¿Qué era aquello? ¿El alma? Algo atrapado o no atrapado en la red de la cazadora de aves. Estábamos atrapadas. Estábamos atrapadas. Me mataba estar en aquel continuo estado de *qui vive*.

Estaba cansada de intentar comprender cosas, estaba cansada de intentar explicar cosas. Yo había hecho mi parte. Bryher y mi hija podían continuar. Yo estaba cansada de ser la mayor, la más fuerte, la más intuitiva. Estaba harta del coraje fanático, del mío y del de aquellos que me rodeaban. Habíamos pasado demasiado. La mente, el cuerpo, no están construidos para aguantar tanto. Habíamos aguantado demasiado. Estaba cansada. No podía ser valiente, no podía ser filosófica, todo era una trampa, un truco, no podía haber nada peor.

Estaba cansada de estar agradecida por una noche tranquila..., estaba harta de estar agradecida por cosas que siempre habíamos dado por sentadas. Estaba harta de mi propio nivel de exaltación, este subirse a una nube, a una dimensión fuera del tiempo. Odiaba la mera idea de *Permaneced a mi lado*. Aunque, aun así, aun así..., las manidas y viejas palabras de los himnos familiares, olvidados hace mucho, se habían hecho realidad. ¿Qué sabía yo de la *oscuridad que se hace más profunda* cuando se la cantaba a mi abuela? Yo había cantado aquellas palabras como una niña inquisitiva, sensible, demasiado tensa y probablemente malnutrida, y ahora que yo estaba demasiado tensa y malnutrida, todo aquello regresaba.

Había dado vueltas y vueltas, y por fin había completado el círculo, había regresado al inicio. Pero las palabras de los himnos estaban desgastadas, eran triviales, y la red de la cazadora de aves ya no era una limpia metáfora asiática sino una realidad. *Mas a ti no llegará* [1] en este momento era casi un pensamiento desagradable, pues en ocasiones, cuando la mente alcanza su pico más alto de resistencia, existe la casi esperanza (Dios nos perdone) de que la bomba que debe caer sobre alguien caiga sobre mí... Pero no caerá... No será así. Porque si la bomba cayera sobre mí, caería sobre Bryher, y Bryher debe continuar. Así es como estamos atrapadas, así es como me atrapó.

Bryher era mi legado especial como yo había sido el suyo, pero ella proseguiría. Ella no me necesitaba como lo hacía al final de la última guerra, y la niña había crecido...

Bryher dijo de nuevo: «Es la segunda ola».

Sí, nos estábamos ahogando de nuevo. Habíamos sufrido casi un centenar de ataques aéreos seguidos en los peores días; aquello fue después de la Batalla de Inglaterra y ya nos habíamos repuesto y ahora esta resaca de terror se cernía sobre nosotras de nuevo. Nos estábamos ahogando de nuevo.

¡La segunda ola! Nos hundiríamos, nos habíamos hundido, la ola rompía sobre nosotras y si salíamos a la superficie de nuevo, solo había una certeza: habría una tercera ola. ¿Sería la tercera ola la última ola? Es cierto que la psique, el alma, puede aguantar cualquier cosa. Estoy sentada en el vestíbulo en una de las sillas pequeñas. En realidad, podemos respirar, podemos hablar.

—No es solo este ataque —dije—, es recordar todos los demás.

Las terribles y demoledoras reverberaciones de los grandes cañones aflojaron durante un momento. Parecía haber menos temblores y

1 * *(N. de la T.)* «*it will not come near you*», *Salmos* 91:7.

estruendo y un eco como de tormenta, a lo lejos, que probablemente eran los cañones distantes siguiendo el vuelo de los bombarderos que ya habían pasado sobre nuestras cabezas. Lo sorprendente fue que no nos hubiéramos vuelto todos locos; no creo que ni uno solo de nuestros amigos haya abandonado la ciudad, arrastrado por el miedo. Disfrutamos de unos cuantos fines de semana y unas pequeñas vacaciones de verano, pero en realidad apenas nos habremos perdido menos de media docena de los casi cien días y noches de bombardeos continuos, por no mencionar los últimos ataques, terroríficos también, aunque menos sostenidos.

Las campanas sonaban, un guarda de ataques aéreos gritaba: «¿Están todos bien ahí dentro?», alguien en una pausa llamaba por lo bajo: «Pss, psss, pss». El gato de alguien podía o no responder desde detrás del cubo de cenizas de siempre o de un nuevo montón ardiendo de ladrillos y mortero. Había merecido la pena. Había merecido la pena probarse a una misma que la mente y el cuerpo pueden aguantar lo peor que la vida tiene que ofrecer, aguantar, ser capaz de enfrentarse al peor de todos los juicios, ser arrastrados hasta la profundidad máxima del terror subconsciente y poder resurgir de allí.

—Bueno, pues ya casi ha acabado —dije.

Tenía las manos congeladas con ese frío helador y sorprendente que uno asocia a los fantasmas y los cuentos de fantasmas y a sentarse en círculo a oscuras cuando contaban la historia del hombre que murió de miedo porque se clavó el abrigo al ataúd y pensó que un esqueleto le había agarrado. Era un delicioso temblor de expectación, en una fiesta sentados en círculo a oscuras. Bueno, ¿no había sido esto una especie de fiesta a gran escala, digamos, casi a escala cósmica?

Estar encerrada en un armario a oscuras se asociaba en realidad con el juego del escondite y la mano del esqueleto de la muerte era algo para asustarse en una fiesta y para observar a los otros asustarse después, en la siguiente fiesta. Hundirse más y más en la oscuridad era una sensación para ser observada, para ser disfrutada incluso si se había tocado fondo. Me había hundido bajo la ola y seguía con vida, estaba respirando. No me estaba ahogando, aunque, en cierto sentido, me había ahogado; me había hundido, sumergida por la ola de recuerdos y terrores reprimidos desde los diez años y mucho antes, pero con los terrores había encontrado también los gozos.

En la pared de enfrente, el espejo seguía colocado en su ángulo correcto. Era un cuadrado de vidrio pequeño enmarcado en madera de estilo napolitano o pompeyano con incrustaciones de distintos colores. Estaba colocado recto y firme contra la pared y no habíamos pensado que fuese necesario descolgarlo cuando guardamos la porcelana y aseguramos los vidrios de los montantes. El marco del espejo no cedió, aunque había un tono ligeramente distinto en las nuevas reverberaciones.

—No sé si están volando más alto o más bajo o si son ellos o somos nosotros —dije.

—No somos nosotros— dijo Bryher, aunque mi comentario no necesitaba una respuesta. Pero, aunque no la hubiera contestado, habría sido respondida de inmediato por el ritmo *staccato* perfectamente medido de una nueva ráfaga.

—No sé de dónde viene eso —dije—. Pensé que conocíamos las posiciones de todos los cañones.

—Debe de ser un cañón móvil —dijo ella.

—Sí —contesté.

—Qué más da, es la tercera ola —dijo ella.

Pero yo no tenía miedo. El ruido estaba fuera. La muerte estaba fuera. El terror tenía un nombre. No era imperfecto, inmaduro. ¿Wunden Eiland? ¿Era aquella esta isla, Inglaterra, marcada de viruela con cráteres formidables, con la Muerte acechándonos en cada esquina?

Todo está en silencio. Me tiemblan las rodillas y tengo mucho frío. Tengo un frío terrible, pero, aunque me tiemblan las rodillas, parece que estoy sentada aquí inmóvil, no congelada en otra dimensión sino aquí en el tiempo, en el tiempo del reloj. «Me pregunto qué hora será», le digo a Bryher. «No ha sido un ataque muy largo», le digo a Bryher.«Ojalá pudiéramos hablar con alguien».

Nos contaron que la gravedad o algo así evitaría que las estrellas se cayeran. Pero su sabiduría y su distanciamiento no habían evitado que las estrellas cayeran. Los bombarderos se habían ido, pero la reacción tras la prolongada batalla a veces es más destructiva que los ataques en sí. Pero el terror y la tensión y la disociación deben finalizar alguna vez.

Bryher está de pie junto a la puerta. Abriremos ahora todas las puertas y yo, con esfuerzo, me levantaré de esta silla y me tambalearé hasta la cocina y llenaré una tetera y encenderé una cerilla y prepararé la bandeja para el té.

—Voy a preparar el té —digo.

Empujo la puerta de la cocina y me giro. Me quedo junto a la puerta de la cocina, de frente al espejo, *en un cristal oscuro.*[2] Pero ahora cara a cara. Nos habíamos visto cara a cara con las realidades finales. Nos habían sacado a empujones de nuestra dimensión ordinaria del tiempo y habíamos cruzado el abismo que divide el tiempo del tiempo-fuera-del-tiempo o de lo que ellos llaman eternidad.

Puedo oír a Christian Renatus diciendo:

*Herida de Cristo,*
*Herida de Dios,*
*Herida de Belleza,*
*Herida de Bendición,*
*Herida de Pobreza,*
*Herida de Paz.*

---

2. *(N. de la T.) In a Glass Darkly,* colección de relatos de terror del escritor irlandés John Sheridan Le Fanu publicada en 1872.

Y sigue y sigue, mientras por debajo de eso está el zumbido profundo como de abeja del coro de los Hermanos Únicos y entonces la nota sostenida del bajo más profundo que debió haber sido Christian David que tenía una voz como la de mi bisabuelo que hacía relojes y cuidaba abejas y lo llamaban *princeps facile* de los músicos. *Princeps facile* lo llamaban en latín y después había otra lengua sobre ir más allá de la tumba. *L'amitié passe même le tombeau,* eso era; eso era francés y era el emblema sobre el sello que tenía el viejo tataratío, y era la escritura del encabezado del pergamino que mi otro abuelo, Christian Henry Seidel, encontró.

*L'amitié passe même le tombeau.*

Ahora Águila Dorada con sus flechas ha ahuyentado al enemigo; es un grito y es una liturgia, la letanía de las heridas; compadécete de nosotros, canta Christian David desde lo más profundo, de modo que el flujo continuo del zumbido tenue de abejas del coro de los Hermanos Únicos parece un enjambre alrededor del sonido profundo de la campana, que resuena en la garganta de Christian David; compadécete de nosotros, dice cada vez que el joven conde Christian Renatus pronuncia otra de sus estrofas de la liturgia de las heridas. Nuestra tierra es una isla herida mientras nos movemos alrededor del sol.

Escuchadnos, canta el gran coro de voces extrañas que hablan con un ritmo *staccato* de ave desconocida, pero sé lo que están diciendo, aunque hablan dialectos indios. Las dos voces se responden la una a la otra y el sonido de la voz de Anna von Pahlen, mientras lee lo que hay escrito en una tira de papel de la cesta tejida que Cammerhof acaba de darle, es pura y argéntea y clara como una trompeta de plata.

«Le daré la Estrella de la Mañana», lee Anna, y el jefe de los sacerdotes indios, que es Estrella Fugaz, más tarde bautizado como Philippus, responde en su propia lengua, *Kehelle* y después Salve, e invocan juntos al Gran Espíritu y al Buen Espíritu que es el Dios de la Hermandad y el Dios de los Iniciados...

... Se acerca, es el grito de muchos jinetes, es Philippus, el-que-ama-los-caballos, es Anna, Hannah o Grace, quien responde. Ahora llaman todos juntos con una sola voz..., el sonido se acumula, reúne al sonido...

—Es la señal de fin del ataque —dice Bryher.

—Sí —respondo.

*Londres, 1941-1943*

# ÍNDICE

Nacimos de la expresión «caballito de bamba»,
utilizada en los años sesenta para calificar
algo que carecía de importancia.
Nosotras le damos la vuelta a su significado
y lo convertimos en nuestro propósito:
enseñar el trabajo de mujeres de ayer
y de hoy para inmortalizar
su historia.